GABI KRESLEHNER

In meinem Spanienland

Unverkäufliches Leseexemplar
Erscheint im Februar 2010
Bitte keine Besprechungen vor dem
16. Februar 2010

Grafische Gestaltung: Dorothea Löcker, Wien
Umschlagabbildung: © Kent Mathews/getty images
Druck und Verarbeitung: Remaprint, Wien
ISBN 978-3-85452-649-0

Informationen über das aktuelle Programm
des Picus Verlags und Veranstaltungen unter
www.picus.at

GABI KRESLEHNER

In meinem Spanienland

ROMAN

LESEEXEMPLAR

PICUS VERLAG WIEN

Ich kann nichts! Sagt Carmen. Gar nichts. Nur fressen. Frustessen. Hat der Lehrer gesagt. Der Knollmann, der Knallkopf. Gell, Carmen, du bist eine Frustesserin!

Da hab ich geglaubt, Frust ist eine Steigerungsstufe von fressen. Fressen, frust, gefressen. Ich hab's aber nur bis zum Test geglaubt, sagt Carmen und lacht. Und kratzt an der Haut um die Fingernägel, bis sie blutet. Und hört nicht auf damit. Und macht das immer wieder.

Carmelita, komm zu Papa, sagte der Spanier. Carmelita, tanz mit mir!

Da war sie vier und da jagten sie um den Christbaum, bis er umstürzte und die Glaskugeln in die Gegend spritzten und mit ihnen die Kerzen und alles Engelsgewirk und Steffi *Blöder Spanier* schrie.

Dabei war der Spanier gar kein Spanier, aber er kam daher wie einer, wie ein Stierkämpfer, ein stolzer Matador, färbte sich die Haare schwarz und kämmte sich schmalzige Pomade ein. Aber seine Augen hatten ein blasses Grau und das ließ sich nicht verfärben und das verriet ihn jedes Mal, wenn er sich an eine heranmachte.

Er versuchte oft, sich an eine heranzumachen, manchmal gelang es, manchmal nicht. Oft lachten sie ihn aus, weil seine Augen dieses ganz blasse Grau hatten und unter dem blendenden Pomadenschwarz der Haare fast verschwanden. Sie lachten ihn aus, weil er nach Verlieren roch und nach Heimweh und weil ihm all das zum grünen Gesicht stand. Dann trank er Schnaps und lallte viel und viel Unsinn und wankte heim und stank nach Schnaps und Steffi schrie Zeter und Mordio und schlug wild auf ihn ein und er schnappte sie an den Handgelenken, dass man am nächsten Tag noch rote Spuren sah.

Dann drängte er sie ins Schlafzimmer und schmiss hinter sich die Tür zu und draußen stand Carmelita, die eigentlich Carmen hieß und auch schrie, denn was konnte man tun, als schreien, wenn alle schrien?

Carmelita, sagte der Spanier, der eigentlich Johann hieß, schmeichelnd, Carmelita, meine Süße, sagte er, wenn er aus dem Zimmer kam, immer noch stinkend und wankend, du wenigstens hast mich lieb?

Carmelita nickte und fand ihn schön, wenn sein grünes Gesicht auf sie herableuchtete und seine Hand ihre Angst vor der verschlossenen Tür fortstrich.

Carmelita nickte und fand ihn schön, wenn sein Haar zaubrisch glänzte und der matte Morgenschein ihn anmutig machte und biegsam wie einen silbrigen Fisch im Mond.

Ich fand ihn schön, sagt Carmen, ich fand meinen Vater schön, wenn er heimkam, nachts, und sich über mich beugte und mich ankicherte mit Grün im Gesicht und schillrigen Augen. Wie ein Fisch, ein silbriger Fisch im Mond, sagt Carmen, und wir lachten uns an, der Fisch und ich und machten uns bereit für unseren Gang hinauf in die siebenundneunzigste Galaxie.

Aber dann, sagt Carmen, kam meine Mutter und kreischte, dass man dreizehn Wirtshäuser aus ihm herausriechen könne, dreizehn mindestens und was das noch werde. Dabei schlug sie nach ihm und er suchte Schutz hinter mir und sie traf mich. Da begann sie zu lachen und strich mir übers Gesicht und sagte: Was stehst du denn immer im Weg, du Dumme, meine Dumme, musst nicht weinen, hab ja nicht dich gemeint.

Irgendwann strichen sie mir beide über Kopf und Gesicht und irgendwann berührten sich ihre Finger und verschränkten sich ineinander und bald vergaßen sie mich und sie strich ihm über Kopf und Gesicht und er ihr und dann, sagt Carmen, verschwanden sie ins Schlafzimmer und wie er das, was er dann fertig-

brachte, fertigbrachte, mit den dreizehn Wirtshäusern in sich, das weiß ich heute noch nicht.

Carmelita, mach die Tür zu!, schrie Steffi, wenn sie merkte, dass Carmelita im Spalt stand und zuschaute, wie der Spanier ihr dieses Fremde tat, dieses Wehe, aber der Spanier lachte. Das dumme Ding, das dumme!

In der Nacht wurde es Carmelita im Bett sehr heiß, am Morgen aber war es eiskalt und ekelig und Steffi schimpfte und klopfte ihr den Hintern.

Als Juan, der eigentlich Johann hieß, verschwand, war ein prachtvoller Sommer im Anmarsch und Carmelita hatte weiße Schuhe bekommen, mit denen sie nicht in die Sandkiste durfte. Sie war sechs und besaß Farbstifte und Malbücher und Puppen und Stofftiere und eigentlich ganz viel und ganz alles, nur ihren Vater nicht mehr, denn der verschwand einfach immerfach und aus Carmelita wurde einfach immerfach Carmen.

Eines Morgens wachte ich auf, sagt Carmen, und da war er nicht mehr da und das war's. Meine Mutter sagte nichts, sagt Carmen, rein gar nichts, aber sie bekam diesen Zug um den Mund und der blieb ihr für's Leben.

Ich wusste nichts, sagt Carmen, nicht, ob er gestorben war und auf den Mond oder abgehauen nach Spanien zu den Stierkämpfern.

Am Anfang, sagt Carmen, verkroch ich mich oft an der Donau, denn die war kalt wie das Atlantische Meer und immer von da an habe ich an dieses Meer gedacht und dass er dort auf mich warten würde und dass ich eines Tages – Aber dann –

Er war gestorben, sagt Carmen. Musste so sein. War verschwunden auf den Mond. Ohne mich.

Einmal, sagt Carmen, hat meine Mutter geredet, ein einziges Mal. Ich weiß nicht mit wem. Mit dem Telefonhörer. Er ist für mich gestorben, sagte sie. Für mich ist er gestorben.

Manchmal, sagt Carmen, hörte ich ihn im Traum meinen Namen sagen: Carmelita. In einem Land aus Meer und Spanien, einem Sehnsuchtsland, einem wie dem Mond, aber noch viel weiter.

Auf jeden Fall, sagt Carmen, kehrten wir zurück, weg aus Wien, wo sie ihr Glück gesucht hatten, heim in diesen Donauort, in dem meine Mutter aufgewachsen war, und hier trat der Hammerer in unser Leben und mit ihm sein Wirtshaus.

Als sich der Hammerer an Steffi heranmachte, war Carmen sieben, Steffi eine erfolgreiche Kellnerin, der Hammerer ihr Chef und der Stammtisch beeindruckt. Dass er, der Hammerer, sich da aber eine ordentliche Granate ins Haus geholt habe, zwar ein bisschen spitzzüngig und nicht auf den Mund gefallen, aber das verzeihe man gerne angesichts der Argumente, die sie prall und saftig im Ausschnitt trage und ihr zu Herzen gehender Arsch sei wohl, so stelle man sich vor, ein Garant für steigende Umsätze. Ob er, der Hammerer, der Karl, das bestätigen könne.

Und dann lachten sie dröhnend und klopften sich auf die Schenkel und Steffi auf besagten Garanten. Aber dann entdeckte auch der Hammerer das Granatenhafte an Steffi und ab da war es vorbei mit dem Stammtischgegröle, denn ab da war Steffi tabu.

Die Schwägerin kam zur Begutachtung von jenseits der Donau, fühlte sich überrumpelt angesichts der Argumente, aber nicht überzeugt.

Was willst denn du mit der, sagte sie zum Hammerer-Karl, die ist nichts für dich, die ist zu jung, die ist noch keine dreißig und außerdem hat sie ein Balg, dieses *Mensch*, da wirst du doch nicht zahlen dafür!

Wirst sehen, sagte die Schwägerin, die reizt dich bis aufs Blut, die kocht dich ein wie Himbeergelee und dann nimmt sie dich aus wie eine Weihnachtsgans, das Luder, das.

Aber den Hammerer stach der Hafer, der Hammerer wollte es noch einmal wissen, denn Steffi trug hochhackige Schuhe, die gaben ihren Schritten etwas Verwegenes und ihrem Ausschnitt etwas Wogendes, und das brachte sein Blut in Wallung und sein Herz ins Zittern.

Papa ist der Silbrig-glänzende-Fisch-im-Mond, sagte Carmen, als die Lehrerin sie nach ihrem Vater fragte.

Die Lehrerin hob die Augenbrauen und machte Ach und da klappte Carmen schnell den Mund zu und sagte nichts mehr und schimpfte mit sich im Innersten und schlug sich mit dem Hackebeil die Zunge ab im Innersten, weil sie wieder einmal alles verraten hatte.

Die Lehrerin war neu und wusste noch nichts und die Lehrerin hatte scharfe Augen und sah alles, auch das kleine Hackebeilchen, das Carmen im tiefsten Schlund ihrer Zahnteufelhöhle verborgen hatte. Die Lehrerin würde der Mutter einen Brief schreiben, das ahnte Carmen, und würde vom Vater berichten, der am Mond saß und wartete und wartete und des Wartens bald überdrüssig sein würde, weil sie, Carmen, einfach und einfach nicht kam.

Aber Carmen, sagte die Lehrerin, Silbrig-glänzender-Fisch-im-Mond? Das gibt es doch gar nicht. Du hast aber eine blühende Fantasie.

Und du bist blöd, platzte Carmen heraus, wenn

du nicht weiß, dass es das doch gibt! Und sprang auf und rannte los und im Rennen sah sie, dass der Lehrerin der Mund offen stehen geblieben war vor Schreck oder vor Überraschung oder vor Zorn, wer konnte das so genau wissen.

Carmen ging heim und ein paar Tage später hatte Steffi einen Brief von der Lehrerin.

Blöde Kuh, sagte sie, als sie ihn las und sie sah Carmen an dabei und Carmen duckte sich, denn wenn die Mutter blöde Kuh sagte, war es besser, wenn man sich duckte. Aber sie hatte die Lehrerin gemeint und Lehrerinnen mussten sich nicht ducken, die durften standhaft stehen bleiben – da konnte man sie nennen, was man wollte.

Blöde Kuh, blöde, sagte Steffi noch einmal, was bildet die sich eigentlich ein!

Und dann kam sie her und gab Carmen doch eine auf den Hintern. Was redest du denn für dummes Zeug? Silbrig-glänzender-Fisch-im-Mond! Was soll denn das? Häh? Bist du blöd im Hirn?

Ja, dachte Carmen, ich bin die Carmen-blöde-Kuh und Carmen-blöd-im-Hirn und wenn ich nicht aufpass, dann fang ich eine und eine ist keine und selber schuld, denn wenn ich nicht aufpass –

Sagte Carmen leise, ganz leise und stieg auf's Dach und hantelte sich zum Mond – aber nur im Traum.

Das, was der Hammerer-Karl mit der Mutter machte, das mutete wilder an und weher auch als das, was der Vater mit ihr gemacht hatte.

Der Hammerer-Karl schrie nämlich so laut, dass Carmen jedes Mal einen tiefen Schreck bekam und kerzengerade im Bett saß, steif wie ein Stock, und zitternd wartete, dass der Spuk ein Ende nahm.

Einmal war sie Spalt-Schauen gewesen, da war ihr das kalte Grauen gekommen: Der Hammerer-Karl auf der Mama, ein weißzittriger Hintern, der auf und nieder schnappte.

Irgendwann am Ende der ersten Grundschulklasse heiratete Steffi den Hammerer-Karl und ab da durfte Carmen in der großen Wirtsküche ihre Aufgaben machen und ab da entdeckte der Hammerer-Karl ein Spiel, das *Vater-Spiel*, und es machte ihm Freude. Am Anfang. Als es neu war.

Da stellte der Hammerer-Karl sich hinter Carmen und schaute ihr beim Kringeln und Malen und Schreiben und Rechnen zu und verbesserte und half.

Ein bisschen. Am Anfang. Weil es am Anfang lustig war. Dann nicht mehr. Dann runzelte er die Stirn, weil er auch beim fünften Mal nicht der Meinung war, dass man Wirtshaus mit Doppel-R schreibt und weil er auch nicht glaubte, dass vier mal vier zwanzig war und darum hatte das Über-die-Schulter-Schauen bald wieder ein Ende.

Weil es nichts Lustiges mehr hatte.

Weil Carmen plärrte, wenn der Hammerer-Karl ihr eine Seite aus dem Heft riss und sie alles noch einmal machen musste – die Schreibübung und die Rechenübung.

Weil Carmen noch lauter plärrte, wenn der Hammerer-Karl ihr eine scheuerte, weil sie zu plärren begonnen hatte.

Weil die Sache immer unlustiger wurde. Und nervender. Weil das gefälligst die Lehrerin tun sollte, aber doch nicht er. Weil die Lehrerin sowieso alle Zeit der Welt hatte und er nicht. Weil die Lehrerin sowieso dafür bezahlt wurde und er nicht. Weil es halt einfach so war!

Und er sagte sich: Das wird mir zu blöd. Und Steffi sagte er: Die ist mir zu blöd!

Steffi schaute ihn groß an, ging zu Carmen, scheuerte ihr noch eine und zischte ihr ins Ohr, dass sie sich zusammenreißen solle, aber gefälligst! Und sofort! Und wenn sie nicht auf der Stelle aufhörte mit dem Plärren, aber auf der Stelle, dann würde sie ihr noch eine scheuern. Und ein Wirtshaus sei ein Wirtshaus mit einem R und vier mal vier –

Und wenn das noch einmal vorkäme, dann würde sie sie zurück in den Kindergarten stecken und überhaupt und sowieso und es sei eine Schande mit ihr!

Jawohl, eine Schande, eine wahre Oberschande und wenn sie, Steffi, an die Matratzenpisserei denke, die sie, Carmen, jede Nacht fabriziere, dann käme ihr, Steffi, der Magen hoch! Punkt. Und Rufzeichen!

Und während Carmen heulte, grinste die Schwägerin und meinte zum Hammerer, sie hätte es ja immer gesagt, aber er hätte ja nicht hören wollen und jetzt hätte er den Salat und die Bagage zeige nun ihr wahres Gesicht und überhaupt und sowieso.

Steffi gab einen entrüsteten Laut von sich und bedauerte zutiefst, dass sie kaum jemals Gelegenheit haben würde, der Schwägerin eine Ordentliche überzubraten. Dann ging sie zurück zu ihren Schnitzeln und klopfte sie, dass das Blut nur so spritzte und panierte sie in affenartiger Geschwindigkeit, denn ein Bus hatte sich angemeldet, eine Gruppe Senioren aus dem Bayerischen, und die Torten waren auch noch nicht fertig.

Ab da, sagt Carmen, hatte ich den Geruch nach Panier und Butterschmalz und Schokolade und Kaffee in der Nase und ab da, sagt Carmen, bekam ich den Geruch nach Panier und Butterschmalz und Schokolade und Kaffee nicht mehr heraus aus der Nase und ab da, sagt Carmen, sehe ich meine Mutter in der Küche, Schnitzel panierend und Gemüse schneidend und mit der Aushilfe, der alten Vettel, schimpfend.

Da gingen Düfte durcheinander, sagt Carmen, und in der Früh war das Licht besonders, zart und unbestimmt, ein Wettkampf zwischen Neonröhren und Sonne, ungewiss, wer gewinnen würde.

Manchmal, sagt Carmen, kauerte ich meiner Mutter zu Füßen. Manchmal ließ sie mich das und ich kauerte und roch den Braten und die Suppe und manchmal duftete es nach Zimt und Vanille und manchmal beugte sie sich über mich und in ihrem Lächeln waren alle Gerüche zusammengeflossen.

Bei Carmens Erstkommunion roch Steffi nicht nach Schnitzel und Buttertorte. Bei Carmens Erstkommunion roch sie nach dem schweren Maiglöckchenduft, den der Hammerer-Karl ihr zur Hochzeit geschenkt hatte. Überhaupt war sie weit schöner als Carmen. Die trug ein weißes, langes Prinzessinnenkleid, auftoupiertes Lockenhaar, ein weiß schimmerndes Kränzchen und kam daher wie ein barockes Engelchen, ein barockes Gesamtkunstwerk.

Aber leider eben *barock*, also *fett*, und da nützten Rüschchen und Kringelchen und Schleifchen gar nichts, davon wurde man nicht dünn und barocke Engelchen waren zwar süß, aber aus der Mode.

Als Steffi das in ihren Kopf kriegte und schließlich seufzend hinnahm, dass es auch nichts nützte, wenn sie Carmen ab einer Woche vor dem großen Auftritt jeglichen Zugang zu Essbarem versperrte, beschloss sie, sich selbst ein bisschen zu inszenieren.

Also trug sie ihren schweren Maiglöckchenduft und ansonsten nur sehr wenig, denn das bisschen Strümpfe, das bisschen Rock und das bisschen Bluse war wirklich nicht der Rede wert.

Holla, machte der Hammerer-Karl, als er die Schöne sah, und *holla* machten die Stammtischler, als Steffi in die Kirche entschwebte, nicht ohne ihnen zuvor mit Maiglöckchenduft vermischte Verlängerte serviert zu haben.

In der Kirche war es voll wie lange nicht, im Altarraum stand die große Schar wunderschön herausgeputzter Erstkommunikanten dicht an dicht und die Lehrerinnen achteten nervös darauf, dass die haarspraygestylten Lockenhaare der kleinen Engelinnen nicht den Flackerflammen der Taufkerzen zum Opfer fielen. So standen sie und warteten auf die Hostien. Aufgeregt. Mit flauen Mägen. Und dann war es so weit.

Dies ist mein Blut, sagte der Herr Pfarrer und trank aus dem goldenen Kelch und Carmen, die nicht aufgepasst hatte im Religionsunterricht, erschrak bis an den Rand ihrer selbst und starrte den Herrn Pfarrer an und war gespannt wie ein Flitzebogen. Ob's den Herrn Pfarrer ekelte? Ob er sich übergeben musste, wenn er jetzt das Blut trank?

Carmen wusste wohl, wie grauenvoll das war,

immer, wenn Steffi Blutwurst machte, musste sie hinausgehen, um nicht zu kotzen.

Aber den Herrn Pfarrer schien es nicht zu grausen, im Gegenteil, Carmen glaubte zu erkennen, dass es ihm schmeckte, dass er sich wohlig den Mund abtupfte.

Und wenn wir jetzt den Herrn Jesus essen, dachte Carmen, wie wird der schmecken? Nie hatte sie sich Gedanken gemacht, wie das sein würde, aber jetzt, wo es gleich geschehen sollte – ?

Die Kinder stellten sich in zwei Reihen und der kleine Herr Jesus wurde gereicht, klein, weiß, unschuldig, ein kleines Scheiblein, ein kleines Herr-Jesus-Scheiblein, dem man wirklich nicht ansah, dass es der ganze Herr Jesus sein sollte mit Haut und Haar und Genick und Gebiss.

Gespannt starrte Carmen auf die Gesichter der schönen Kinder, wenn sie sich umdrehten und ihr entgegenkamen, nachdem sie das Herr-Jesus-Scheiblein empfangen hatten. Nichts Außergewöhnliches war in ihren Gesichtern, manche grinsten, manche schauten ernst mit gesenkten Augen.

Doch nichts sah man ihnen an von der Anstrengung, einen Herrn Jesus herzukauen und herzuknacken, einen Herrn Jesus hinunterzuschlucken, einen Leib Christi. Aber Carmen traute dem Frieden nicht und als sie endlich an die Reihe kam und vor dem Herrn Pfarrer stand und den Mund aufmachte und ihn anguckte voller Erwartung und er sagte: Der Leib Christi! und ihr den Leib Christi in den Mund legte und Carmen den Mund wieder schloss und als sie probierte, wonach es schmeckte, das Scheiblein in ihrem Mund, nach Schokoladenbonbons vielleicht oder nach Senf, und der Leib Christi nach gar nichts schmeckte, nicht nach Schokoladenbonbons, nicht nach Senf und nach Schweinsbraten schon gar nicht, da wuchs eine große Enttäuschung in ihr.

Das sollte der ganze Herr Jesus sein, dafür der ganze Aufwand?

Nichts knackte und nichts knickte, ein Herr Jesus ganz ohne Genick und Gebiss.

Nein, dachte Carmen, nein so was!

Und wollte ihn trotzdem ganz vorsichtig essen und ganz vorsichtig schlucken, aber da klebte er schon am Gaumen und kam nicht mehr herunter. Und dann –

Und dann, sagt Carmen, begann ich zu lachen. Ich wollte das nicht, ich wusste, da würde sich keiner drüber freuen, keiner, und meine Mutter am wenigsten, aber ich konnte nicht anders, es hat in mir so gelacht, dass es einfach heraus musste und ich wusste, das war die Rache des Herrn Jesus, weil ich geglaubt hatte, dass er nach Schokoladenbonbons schmecken könnte oder nach Senf oder vielleicht sogar nach Schweinsbraten.

Und plötzlich, sagt Carmen, starrten mich alle an, die anderen Kinder, die Lehrerinnen, der Herr Pfarrer, alle und meine Mutter, meine Mutter ganz besonders.

Und ich, ich blöde Kuh, statt dass ich aufgehört hätte zu lachen, statt dass ich im Boden versunken wäre, lachte immer mehr und immer lauter und dann bekam ich keine Luft mehr und es war furchtbar und ich schaute meine Mutter an und die saß da mit den Händen vor dem Gesicht.

Irgendwann, sagt Carmen, packte mich die Lehrerin und schüttelte mich und rüttelte mich und ich kam mir vor wie Pechmarie auf der Wiese, als sie alles Pech über ihr ausschütteten und sie schwarz wurde, schwarz wie der Teufel und schwarz wie die Hölle, und ich wusste, dahin würden sie mich stecken, mitten hinein ins leibhaftige Fegefeuer und meine Seele würde darin zerfallen und niemals emporsteigen in die schützenden Hände des ewigen Himmelvaters.

Aber ich täuschte mich. Die Lehrerin sagte CARMEN, mit lauter, deutlicher Stimme, CARMEN, und da konnte ich aufhören zu lachen und das Lachen zischte aus mir heraus, so schnell, wie es in mich hineingezischt war, und ich machte mich ganz klein und schaute die Lehrerin an und die nickte und lächelte sogar ein bisschen, aber meine Mutter nicht.

Meine Mutter, sagt Carmen, nicht.

Und, sagt Carmen, ich wusste, was sie dachte, nämlich, dass ich ein blödes Mensch war, aber ein saublödes!

Zwei Tage später ging Carmen in die Kirche, um den Herrn Jesus um Verzeihung zu bitten. Sie kniete in der Bank und sagte leise: Bitte um Entschuldigung, mein lieber Herr Jesus.

Und der Herr Jesus entschuldigte, es war ihm kein Problem. Er sagte: Okay. Geh jetzt heim. Denk dir nichts mehr.

Das sagte er vom Kreuz herab und aus Marias Armen sagte er es, wo er als Baby lag und von überall her aus der Kirche.

Ja, sagte Carmen staunend, von überall her aus der Kirche. Das kann ich beschwören! Wirklich! Und ganz modern war er, dafür, dass er schon so alt ist. Okay, hat er gesagt, sagte Carmen. Okay.

Steffi hingegen sagte nichts. Fünf Tage lang.

Bis der Hammerer schließlich meinte, sie solle sich einen Ruck geben, das *Mensch* habe genug erduldet, das *Mensch* sei genug gestraft und aus böser Absicht sei es ja nicht geschehen. Außerdem solle sie doch das bisschen Nichts noch einmal anziehen, in der Aufregung habe er gar nichts davon gehabt, sie sei ja heimgekommen in Tränen aufgelöst, das *Mensch* im Schlepptau, und habe sich im Zimmer eingesperrt und lamentiert und geklagt und geschrien und geheult, das *Mensch* bringe sie noch ins Grab, das *Mensch* sei ihr Untergang, aus dem *Mensch* könne nichts werden, aber gar nichts und nie, und was aus dem *Mensch* noch werden solle, eine Katastrophe, eine Katastrophe, eine katastrophale Katastrophe!

Steffi musterte schweigend und minutenlang den Hammerer, ging sich das Nichts anziehen und dann in die Wirtsküche, zog eine Schürze über sich und das Nichts und begann zu kochen.

Obwohl sie am nächsten Tag Sperrtag hatten, kochte sie wie eine Wahnsinnige, obwohl es schon drei viertel elf in der Nacht war, kochte sie wie eine Verstörte, kochte sich frei und frisch, rührte und hackte, schnitt und würzte, buk und briet stundenlang und als alle Gerüche sich vermischt hatten und in ihrer Fülle hinaus auf die Straße drängten und hinaus aufs Donauwasser, einer zärtlich duftenden Arie gleich, die aufstieg und einen Sternenhimmel von großer Pracht über das nächtliche Wirtshaus spannte, und als alle Speisen in grandioser Vielfalt sich auf den Tischen darboten, da beugte Steffi sich hernieder zum *Mensch* und verzieh.

Wenn Steffi kochte, sagt Carmen, blieb nichts an seinem Platz.

Wenn Steffi kochte, sagt Carmen, war sie ein anderer Mensch.

Und das, was sie dann kochte, wenn sie kochte, war der absolute Wahnsinn.

Aber, sagt Carmen, es ging nicht immer, die Sache hatte einen Haken. Es ging nur, wenn in ihr eine so große Traurigkeit war, dass sie außer sich geriet. Denn wenn sie außer sich geriet, geriet das Kochen in sie und da geschahen Speisen voll göttlicher Vollendung und da gerieten Zutaten in einen Kreisel von Genialität und Furie.

Dann, sagt Carmen, aßen wir und es zerging uns auf den Zungen, das, was sie gekocht hatte, und unsere Mägen schnurrten und ein Sternenhimmel von großer Pracht spannte sich über unser nächtliches Wirtshaus.

Manchmal erschien Steffi Carmen im Traum wie ein wunderschöner Engel. Einer ohne Flügel zwar, aber was brauchte man Flügel, wenn man aussah, wie Steffi aussah. Da kam man auch ohne Flügel überall hin.

Carmen würde nicht überall hinkommen, das war klar. Carmen würde auf ihren dicken Stampfern durch das Leben trampeln und Steffi auf den Nerven herum und das war immer so gewesen und das würde immer so sein.

Oft seufzte Steffi sorgenvoll, wenn Carmen vor ihren Heften saß und Kringel aufs Papier malte und die angestrichenen Fehler rot vor ihren Augen tanzten.

Es ist die Lehrerin, dachte Steffi, es ist die Lehrerin, die Lehrerin kann's nicht. Die nächste Schule wird eine strenge, eine private, dachte Steffi, da soll das Kind gefordert werden, aber ordentlich, nicht nur gefördert!

Aber ja, sagte der Hammerer, das können wir uns schon leisten, Privatschule mit ordentlich Zunder, möglichst mit Garantie, schließlich zahlt man dafür, und aus dem *Mensch* soll was werden, auch wenn's von dem anderen ist, diesem Hundsfott, aber irgendwann kommt für jeden der Moment, da muss er großmütig sein, auch wenn's was kostet und das *Mensch*, ja, das *Mensch*, eigentlich, kann ja nichts dafür.

Sagte der Hammerer und strich sich bedächtig über den Schädel.

Meinte es ernst und wollte nicht einmal Dankbarkeit. Sagte es, wie er es meinte. Ohne Wenn und Aber.

Aber die Lehrerin. Die sagte *NEIN*. Ohne Wenn und Aber. Weil das nicht ginge. Nicht mit Carmen. Nicht mit diesem Kind, welches, man möge ihr, der Lehrerin, das nicht nachtragen, doch ein wenig auf dem Mond lebe mit besagtem Fisch an der Angel, ob sie sich nicht erinnerten?

Und ob sie jemals in die Hefte geschaut hätten, in die Bücher?

Sie, die Lehrerin, habe doch nie hinterm Berg gehalten! Und ihre, nun ja, Bedenken seien groß. Und berechtigt!

Das müssten sie doch sehen! Das müssten sie doch zugeben!

Aber Steffi gab nichts zu, nicht vor der Lehrerin und nicht vor den anderen Eltern. Steffi mampfte ein dickes Stück Kuchen in sich hinein, trank einen Kaffee, spendete der Klassenkassa säuerlich lächelnd ein paar Cent und sagte dann: Blöde Kuh, blöde!

Aber nicht in der Schule, nicht im Kreis der anderen Eltern.

Im Auto, beim Heimfahren. Und später in der Wirtsküche, beim Gemüsesuppe-Kochen.

Während Steffi tobte, versperrte Carmen vorsichtig ihre Ohren, machte Kringel aufs Papier und knallte ihre Fehler rot durch die Luft. Sie verdrehte die Augen, um ihre Nasenspitze zu sehen und die leuchtete weiß im Dunkel der blöden Kühe, die auf einmal in der Küche herumsprangen, drohende Laute ausstießen und weiß aus den Mäulern dampften.

Doch plötzlich klopften spitze Finger auf Carmens Schulter und die Kühe zersprangen mit einem leisen Plopp und Steffi platzierte ihren Hintern mitten hinein in die Kringel und die heiß dampfende Kuhflade, die sich eben erst vom Arschloch einer dampfenden Kuh gelöst hatte.

Was du sagst, will ich wissen, fauchte Steffi und Carmen sagte erst nichts und dann erschrocken: Weiß nicht – und gaffte staunend auf Steffis Hintern im braunen Rock in der braunen Kuhflade.

Weiß nicht, weiß nicht, äffte Steffi nach und wischte über den Tisch, dass die Kringel und die Kuhscheiße nur so spritzten.

Nein, sagt Carmen, ich denke nicht, dass meine Mutter geglaubt hat, dass aus mir viel wird. Ich weiß auch nicht, sagt Carmen, ich kann halt nichts und da nützt dir kein Träumen.

Nein, sagt Carmen, ich bin ihr nicht böse, sie hat ja selber schauen müssen, wo sie bleibt, wie hätte sie denn da auch noch auf mich –

Nein, sagt Carmen, ich versteh das schon und gesorgt hat sie ja immer für mich. Frieren und hungern habe ich nie müssen.

Steffi war die zweite Frau. Die erste saß im Irrenhaus, die hatte nämlich eines Tages versucht, den Hammerer umzubringen. Mit einem Beil war sie auf ihn losgegangen, jenem, das sie ansonsten zum Sauzerlegen nahmen, zum Knochenzerhacken. Als er ihr während der Arbeit den Rücken zuwandte, war sie über ihn hergefallen und hatte ihn so schwer verletzt, dass er ins Krankenhaus musste, wo sie ihn fünf Wochen behielten.

Als er heimkam, war sie fort und alles, was ihm blieb, war das Mal in seinem Rücken und ein ständiges Ziehen am Herzen.

Sie hatten sie abgeholt und ins Gefängnis gesteckt und es gab eine Verhandlung, wo sie feststellten, dass sie nicht mehr richtig im Kopf war, und dann kam sie in die Anstalt und da sollte sie bleiben ihr Leben lang.

Das Erste, was der Hammerer tat, als er heimkam vom Krankenhaus, war, dass er sich scheiden ließ, denn wenn er an sie dachte, dachte er an sie als an seine Mörderin. Obwohl sie ihn nicht restlos ermordet hatte, dachte er an sie als an seine Mörderin und mit seiner Mörderin konnte man nicht verheiratet sein, denn da war schließlich mehr kaputtgegangen als Sehnen, Muskeln und Adern.

Dann räumte er alles weg, was sie betraf, verpackte es in Schachteln, ihr rundes Gesicht, ihre sanfte Stimme, stellte alles auf den Dachboden und sprach nie wieder über sie.

Niemand durfte über sie reden in seiner Gegenwart, auch die Schwägerin nicht, die ja ihre Schwester war, aber hinter seinem Rücken wurde getuschelt und gemauschelt vom Unglück der ersten Frau und von seinem und was da wohl geschehen war und man habe sie gekannt und man habe ihn gekannt und eigentlich sei sie eine freundliche Person gewesen.

Sie *war* eine freundliche Person gewesen, mit einem, wie gesagt, runden Gesicht und einer, wie gesagt, sanften Stimme und diese Stimme war der Grund gewesen, dass der Hammerer sich in sie verliebt hatte als junger, fescher Bursch, der er einmal gewesen war, mit einem stattlichen Wirtshaus als Mitgift im Nacken, ohne Schulden und ohne Belastungen.

Dass sie kinderlos geblieben waren, konnte auch kein Grund gewesen sein fürs Überschnappen; dass sehnliche Wünsche nicht in Erfüllung gingen, gehörte ins Leben wie die Sau in den Saustall. Dafür musste man gewappnet sein und war man das nicht, so hatte man im Leben nichts verloren.

Als das Gemauschel und Gemurmel kein Ende nehmen wollte, klagte der Hammerer ein einziges Mal der Schwägerin sein Leid. Ob er jetzt etwa der Schuldige sei und sie, die erste Frau, das arme Schwein? Dass er doch immer alles für sie getan habe und wenn man ihm nun Lieblosigkeit vorwerfe und eine gewisse Engstirnigkeit, dann habe das doch mit der Sache nichts zu tun. Dass es doch wohl keine Lösung sei, mit dem Beil draufloszuschlagen, da höre sich doch wirklich alles auf!

Ja, sagte der Hammerer-Karl, da hört sich doch alles auf, und verräumte ihr rundes Gesicht und was blieb, war das Mal am Rücken und ein Ziehen am Herzen und der Entschluss der Schwägerin, für ihn da zu sein bis ans Ende ihrer Tage.

Als ihm das Unglück mit der ersten Frau widerfuhr, war der Hammerer gute vierzig Jahre alt, das Wirtshaus stand erstklassig da in schönster Lage an der Donau an der Peripherie der Stadt und er hatte ein Bäuchlein angesetzt und Krampfadern bekommen. Da er ein geschickter Wirt und ein tüchtiger Geschäftsmann war, kam er gut über die Runden, und da er niemanden versorgen musste, auch die erste Frau nicht, das hatte ja der Staat übernommen, auch keine Kinder und sonstige Verwandtschaft, konnte er anhäufen, was man schlechthin Reichtum nannte.

Die Schwägerin kam ihm viel ins Haus, half, überwachte, hätte ihn sich gerne gekrallt, hatte ihn der Schwester nie gegönnt, das Wirtshaus vor allem nicht. Aber der Hammerer war eigenbrötlerisch geworden, stur und misstrauisch und vor allem fürchtete er sich vor den Frauen, daran konnte auch die Schwägerin nichts ändern.

Dann kam Steffi, zehn Jahre später und völlig ahnungslos. Selbst von Gott und der Welt verlassen, selbst mit einer Last beladen, dem *Mensch*.

Als sie zum ersten Mal auf die Schwägerin traf, schlitzte diese die Augen, denn sie spürte augenblicklich, dass ihr eine Gefahr heranwuchs, eine Konkurrenz, der sie nicht entgegnen konnte, denn Brüste, die das Paradies versprachen, himmellange Beine und dazwischen ein Arsch, der einem Bäche im Mund laufen ließ, waren schwer zu widerlegende Argumente. Und wirklich würgte es den Hammerer, als er Steffi sah, und er dankte dem Himmel und das Herz ging ihm wieder auf.

Da spart man sich auf, sagte die Schwägerin und schmeckte den Bitter auf der Zunge, all die Jahre hindurch spart man sich auf, da will man etwas gutmachen an einem Menschen und lässt die besten Jahre ungenützt verstreichen, sagte die Schwägerin, und dann kommt eine daher, eine junge Gans, und staubt alles ab. Eine Schande ist das, sagte die Schwägerin und bekam den Bitter nicht fort. Männer sind dumm wie Pferde, sagte die Schwägerin, und der da erst recht, der da nimmt schon wieder die Falsche, aber noch einmal fang ich ihn nicht auf! Noch einmal nicht!

Steffi durchblickte rasch die Lage, sah, dass die Schwägerin geladen war wie eine Kanone und der Hammerer scharf wie ein Schwertfisch.

Nicht einmal das *Mensch* erschreckte ihn, im Gegenteil, am *Mensch* spürte er etwas Vertrautes, etwas Wärmendes. Es erinnerte ihn an sich selbst, an sein eigenes Stummsein, das nun aufbrach und zerfloss in Steffis Ausschnitt hinein und der Hammerer-Karl fiel mit und ließ sich wärmen und ließ sich trösten und die Kargheit der vergangenen Jahre löste sich ins Nichts.

Anfangs wusste Steffi nicht recht, wie ihr geschah, ein Verehrer war ihr an den Leib geschneit, einer, der das *Seufern* um den Mund bekam, wenn er sie nur aus der Ferne sah, einer, der durch die Jahre von trocken Brot und feucht Wasser gelebt hatte und der dem plötzlichen Ansturm süßer Regungen nur unter Tränen gewachsen war.

Ein schwüler Sommer tat das seine dazu und die Schwägerin verließ zähneknirschend das Haus. Dass da einer nur mehr mit dem Schwanz denke, schimpfte sie, nur mehr mit dem Schwanz, obwohl der doch sicher schon altersschwach sei und zu nichts mehr zu gebrauchen, aber trotzdem, offensichtlich höre das nie auf!

Das habe die Schwester nicht verdient, knirschte die Schwägerin, alles, aber nicht das, dass da eine komme, eine Dahergelaufene mit ihrem unglückseligen *Mensch* und den Hammerer unter ihre Fittiche nehme, samt seinen neu erwachten Trieben und samt dem Wirtshaus.

Im Grab würde sie sich umdrehen, die Schwester, wütete die Schwägerin, so sie schon darin läge, im Grab, was ja gottlob noch nicht der Fall sei, aber wenn die Verhältnisse weiter so vor sich hinschritten, dann sei der Tag nicht mehr fern!

Die Stammtischler schnalzten mit den Zungen,

lachten die Schwägerin aus und Steffi an und meinten hinter beider Rücken, dass es dem Hammerer nicht zu verübeln und es nicht das Schlechteste sei, manchmal mit dem Schwanz zu denken, und Gott sei Dank wäre endlich eine gekommen, die Manns genug sei, sich ihn, den Hammerer, zur Brust zu nehmen, im Übrigen eine beneidenswerte Brust und hinsichtlich dieser ein beneidenswerter Hammerer. Nur zu, Karl, nur zu! Hol dir, was du brauchst.

Das tat der Hammerer-Karl, nächtens tappte er zu Steffi wie ein ungeschickter Bär, schnappte auf und nieder und sie hielt still und wischte ihm die Tränen von den Wangen und den Rotz aus der Nase und wurde seine Frau.

Im August wurde sie seine Frau, sagt Carmen, und er überschrieb ihr gleich die Hälfte des Wirtshauses und ich war dabei in der Kirche und am Standesamt und es regnete, schüttete wie aus Kübeln.

Man hörte es drinnen. Man hörte es regnen, man hörte die aufprallenden Regentropfenkaskaden. Ich stellte mir vor, sagt Carmen, wie eine ganze Batterie von Kübeln niederging, kipp, tusch, kipp, tusch, kipp, tusch, ein andauerndes, immerwährendes Rauschen vor den Fenstern der Kirche und als sie endlich seine Frau war, gingen wir hinaus unter die Regenschirme und es roch unglaublich gut, nach Regen, nach Wind, nach frisch gemähtem Gras, fast, als ob sie kochte in großer Traurigkeit.

Die Stammtischler sangen ein Ständchen, aber man hörte sie nicht wegen des lauten Regens.

Ich hörte es gerne regnen, sagt Carmen, weil ich mir einbildete, dass der Regen eine Hülle machte um den Mond und den Fisch nicht fortließ, den Silbrigglänzenden-Fisch-im-Mond, der da saß, immer noch, wartend auf den Trip zur Sonne oder zu einem anderen Planeten, Hauptsache weg.

Ja, sagt Carmen, ich wusste schon lange, dass er weg wollte und seine Karten standen gut, jetzt, wo Steffi versorgt war für ihr Leben und ich dazu.

Dann hau halt ab, Fisch-im-Mond, hab ich geschrien, sagt Carmen und lacht, ein wenig verlegen, ein wenig zu laut und wischt sich die Augen. Hau ab! Dämlicher Fisch! Brauch dich nicht! Gehst mir am Arsch vorbei!

Der Regen regnete nicht mehr, es war heiß und schwül, Dampf stieg auf im Licht der Straßenlaternen und ich wusste, sagt Carmen, ich wusste, das ist das ideale Wetter für Zum-Abhauen-vom-Mond und ich brüllte ihn an, verpiss dich, hab ich gebrüllt, nachdem Steffi mit dem Hammerer ins Schlafzimmer gewankt war und die Stammtischler sich am Schnaps besoffen.

Meine Stimme schnappte über, meine Kehle schmerzte sich wund, aber es hörte mich ohnehin keiner, weil die Musik aus dem Wirtshaussaal alles übertönte, das Saufen, das Johlen, sogar den Hammerer auf der Steffi, obwohl er schrie wie nie zuvor.

Er war fort. So gut wie sicher. Trotzdem stand Carmen jeden Abend am Fenster und hielt Ausschau und alles Gut-Sein-in-der-Welt hatte sich mit ihm verabschiedet und alles Angenehme, das sie jemals verspürt hatte.

Essen hätte ich ihn sollen, dachte sie, den Silbrig-glänzenden-Fisch-im-Mond, dann hätte ihn mir keiner nehmen können, dann müsste ich ihm nicht hinterherjagen, diesem Schemen, diesem Gespenst, dann wäre er in meinem Bauch und wärmte mich mit dem Geschmack nach Panier und Schokolade und Kaffee. Und weil sie Angst hatte, vor dem Sein ohne Schemen, vor dem Sein ohne Gespenst, erfraß sie sich's, erfraß sich den Geschmack des Geruchs nach Panier und Schokolade und Kaffee.

Das *Mensch* tut's Maul nur zum Fressen auf, sagten die Stammtischler. Das *Mensch* wird bald zum Schlachten zu fett sein, grölten die Stammtischler und bestellten noch eine Runde und hofften auf Steffis prallen Ausschnitt, aber die Aushilfe kam, die alte Vettel, und da gab's nichts zu schauen und zu betatschen schon gar nicht!

Der Mondfisch, sagt Carmen, fehlte mir. Er hatte mich gewärmt innen drin, er war wie ein Lagerfeuer innen drin, da gab es kein Frieren mehr, kein Kaltsein.

Ich hab ihn mir vorgestellt, sagt Carmen, mit grünem Gesicht und grauen Augen, leuchtend, schön.

Ist zu früh gegangen, der Mondfisch, mein Mondfisch, sagt Carmen. War halt so eine Sehnsucht, so ein Fließen ins Träumen, aber floss dem Ausguss zu.

Guten Morgen, sagte der Hammerer, wie hast du geschlafen?

Danke, sagte Steffi, gut, und biss herzhaft in ihr Honigbrot.

Das freut mich, sagte der Hammerer, und wo?

Steffi blickte hoch und musterte ihn, wie er dastand, angelehnt an die Kredenz mit verschränkten Armen, ein alter Mann, der japste und hechelte, der schrie, wenn es endlich um ihn geschah, und im Anschluss heulte und rotzelte wie ein Schlosshund und von der ersten Frau brabbelte, die ihn umgebracht hatte.

Wo, fragte der Hammerer. WO?

Das willst du nicht wirklich wissen, sagte Steffi, glaub mir, Karl, das willst du nicht wirklich wissen. Hör zu, Karl, sagte Steffi, hör zu, das mit uns ist so eine Sache.

Was für eine, fragte der Hammerer-Karl, was für eine? Du bist meine Frau und du gehörst in mein Bett!

Nein, sagte Steffi, ich glaube nicht. Du schreist mir zu viel, da weiß ein jeder, was los ist und deine Füße, das pure Eis!

Und sie jammerte still in sich hinein und knabberte am Honigbrot, während sie an die kalten Füße dachte, die der Hammerer besser in heißes Wasser tauchte und nicht ihr unter die Decke, und sie gedachte seiner als Relikt der Vergangenheit, abgeschlossen und unterfertigt und sie mümmelte ins Honigbrot, wie schwer sie es hätte mit allem und jedem und überhaupt.

Dem Hammerer gab's einen Stich im Herzen und er machte einen Röchler, dass Steffi kurz glaubte, sein letztes Stündlein habe geschlagen.

Aber Karl, sagte sie und sprang auf, so schlimm ist das doch nicht.

Du bringst mich um, röchelte der Hammerer-Karl, du bringst mich auch um. Willst du weg?

Aber nein, sagte Steffi, aber nein, das geht doch gar nicht. Mir gehört doch das halbe Wirtshaus. Du hast mir doch das halbe Wirtshaus überschrieben. Ich kann doch nicht mein Wirtshaus im Stich lassen.

Und sie dankte im Stillen ihrer Traurigkeit, die sie immer öfter kochen ließ mit Sinnen, die scharf waren wie frisch geschliffene Tranchiermesser und scharf wie die jungen Liebhaber, die sie sich hielt an verschiedenen Ecken und Enden der Stadt.

Ich lasse dich nicht, sagte der Hammerer, ich lasse dich nicht.

Aber er wusste, dass er wenig tun konnte, sie war eine Frau von gut dreißig, schön, üppig, eine von der Sorte, deren Reize mit den Jahren wuchsen, außerdem konnte sie gut rechnen und war rundherum ein Gewinn für das Wirtshaus.

Das musst du auch nicht, sagte sie sanft, du musst mich nicht lassen.

Er schaute sie stier an und überlegte, ob er sie schlagen sollte, aber noch traute er sich nicht.

Du musst mich nur ein wenig teilen, sagte sie und da schlug er zu.

In der Nacht kochte sie. Der Hammerer war in einen schweren Schlaf gefallen über ihr, nachdem sie ihm den Mund zugehalten hatte, als er zum Schreien ansetzen wollte und er an ihrer Hand fast erstickt war. Der Hammerer hatte sie angeschaut, starr und baff, dann hatte er gelächelt, glückselig, war auf sie niedergesunken und augenblicklich eingeschlafen.

Mühsam kroch Steffi unter ihm hervor, zog sich an, spürte die große Last einer Traurigkeit und musste kochen gehen.

Mitten in der Nacht wachte die alte Vettel auf von den schweren Gerüchen, die durch's Wirtshaus zogen, und dachte sich ihr Teil. Mitten in der Nacht wachte Carmen auf von den schweren Gerüchen, die durch's Wirtshaus zogen, und schnupperte ihnen nach bis in die Küche, wo Steffi am Teigtisch stand und einen Germteig schlug, während im Rohr eine Gans nach Äpfeln duftend briet und die Himbeeren aufs Einkochen warteten mit einem Schuss Malaga und einem Bröselchen Zimt für das Grießflammeri, das schon in Tassen gefüllt auf der Anrichte stand.

Tränen rannen ihr über die Wangen, sie schniefte und rotzelte und konnte nicht aufhören zu weinen und Carmen ging hin zu ihr und setzte sich zu ihren Füßen und strich tröstend über ihre Knie.

Ach, Carmen, sagte Steffi, ach, Carmen, ach, und Carmen wurde es heiß ums Herz und zittrig um die Nase und Steffi beugte sich nieder und strich ihr übers Haar und ein anderer Duft kam Carmen in die Nase, Steffis Duft, der Duft ihres Gesichts, ihres Haars, ihres Busens – der schmeckte nach Regen auf dem Feld und nach Sonne auf der Wiese und alles gleichzeitig und alles nacheinander und alles nebeneinander und alles war ein wenig vermischt mit dem Duft von der Gans aus dem Rohr und dem Malaga und dem Grießflammeri und Carmen drückte sich an Steffi heran und wusste, so würde es nie wieder sein.

Der Hammerer, sagt Carmen, hat sie geschlagen. Nicht regelmäßig, auch nicht wahnsinnig oft. Wenn es halt passte.

Immer, wenn er sie geschlagen hatte, sagt Carmen, war sie an der Seele wund und dann musste sie fort für ein, zwei Tage zu einem ihrer Männer, nachdem sie gekocht hatte eine Nacht lang, und nie wusste ich, soll ich mich freuen, wenn sie kocht, weil sie ja dann so gut kocht, oder soll ich heulen, wenn sie kocht, weil sie ja dann furchtbar traurig ist.

Vielleicht, sagt Carmen, war ihr Gekochtes deshalb so genial, weil ihre Tränen einflossen ins Gekochte und in ihren Tränen die Messerspitze Salz war und die Prise Zimt, welches dem Gekochten sonst gefehlt hätte.

Übrigens, sagt Carmen, hab ich mich gewundert, dass der Hammerer nicht mehr schrie und im Spalt konnte ich sehen, dass sie ihm den Mund zuhielt, wenn er fertig war mit dem Auf und Nieder und dem Hin und Her, und dann fiel er auf sie herab wie ein Stein und das Weinen hatte er auch auf sie abgewälzt, das Heulen wie ein Schlosshund, das machte dann sie in der Küche beim Kochen und am nächsten Tag war sie fort und die alte Vettel hängte ein Schild hinaus, dass BESONDERS gekocht worden war und das Wirtshaus wurde dann immer gerammelt voll.

Nein, sagt Carmen, meine Mutter hat den Hammerer nie geliebt. Zuerst hat er ihr leidgetan wegen der ersten Frau. Und dann hatte sie die Küche und ihre

Traurigkeit und das Kochen und der Hammerer war ihr gleichgültig und das mit dem Geschlagen-Werden auch.

Sie fügte es in ihr Leben, als ob es dazugehören würde, als ob es eine logische Zutat wäre, das Normalste auf der Welt quasi, so normal wie die Liebhaber irgendwo in der Stadt, die sie sich holen musste nach dem Geschlagen-Werden, nach dem Hammerer-Fick, nach dem Kochen, sagt Carmen.

Kurz vor Weihnachten kam die Schwägerin und berichtete vom Schweigen der ersten Frau. Sie sagte: Meine Schwester redet nichts mehr. Du weißt schon, meine Schwester, seine erste Frau.

Und deutete auf den Hammerer, der ihnen den Rücken zuwandte und Gläser polierte.

Ja, sagte Steffi, ich weiß schon. Was soll das heißen, sie redet nichts mehr?

Na, sie redet halt nichts mehr, sagte die Schwägerin ungeduldig, sagt nichts, gar nichts. Sie wissen nicht, warum, die Psychiater, die Doktoren, sie wissen nicht weiter mit ihr.

Die Schwägerin zuckte die Schultern, nahm einen Schluck Punsch und kostete die Kekse.

Ja, sagte Steffi, und? Warum erzählst du uns das? Was sollen wir da tun?

Naja, machte die Schwägerin und deutete auf

den Hammerer. Vielleicht sollte er sie besuchen, der Karl. Ist doch Weihnachten.

Der Karl schwieg, polierte Gläser. Sie trat an ihn heran. Bist ja auch alt geworden, Karl, sagte sie, trotz deiner jungen Frau. Vielleicht redet sie mit dir, Karl, gib dir einen Ruck! Weil Weihnachten ist! Versündige dich nicht! Gib dir einen Ruck!

Der Hammerer-Karl schmiss das Geschirrtuch weg, schenkte sich einen Schnaps ein, kippte ihn hinunter und nahm gleich noch einen.

Verschwinde, sagte er grob, verschwinde auf der Stelle und lass dich nicht mehr blicken!

Die Schwägerin ging und war jetzt wirklich böse.

Hinausgeschmissen hat er mich, schimpfte sie, einfach hinausgeschmissen und sie, die Junge, hat nichts dagegen getan! Sie, die Junge, ist einfach dagestanden und hat mir hinterhergegafft!

Ein brutaler Mensch ist er, keifte sie, aber ein ganz brutaler! Wirft mich hinaus, als ob ich irgendeine wäre! Irgendeine! Aber der wird sich noch wundern, zischte sie, der mit seiner jungen Frau! Die wird ihn das Fürchten noch lehren, die junge Frau!

Dann schnäuzte sie sich laut und leidvoll und ging in ihr Haus ans Fenster.

Der Hammerer marschierte auf den Dachboden, um das runde, freundliche Gesicht seiner ersten Frau auszupacken und dann in die Anstalt. Der Tag war grau, das Wetter trostlos, passend zum traurigen

Umstand. Die erste Frau saß im Besucherzimmer und starrte die Wand an und nahm den Hammerer gar nicht wahr. Sie war ein dürres Gerüst geworden, dem Verlöschen nahe, und es erschien dem Hammerer logisch, dass sie nun auch mit dem Sprechen aufgehört hatte.

Er setzte sich ihr gegenüber, strich über ihre Hand, über ihre pergamentene Haut, was sie zu einem Zucken veranlasste, zu einem Drehen ihres Gesichts, sie nahm ihn in ihre Augen, kurz nur, ein leises Erkennen flackerte auf.

Ja, sagte er, ich bin es, du täuschst dich nicht. Ich bin es, der Hammerer. Der Karl. Erinnerst du dich?

Sie starrte ihn an und ruckte zurück gegen die Wand. Zwanzig Jahre waren zwanzig Jahre und wenn man ihm nicht gesagt hätte, dass sie es wäre, seine erste Frau, er hätte sie nicht erkannt – wie sollte sie ihn erkennen, ihn, den Hammerer, den sie doch wohl aus ihrem Gedächtnis gestrichen hatte wie sonst nichts, wie sonst niemanden, der wohl nichts anderes sein konnte als ein lästiger Eindringling in eine zaudernde Erinnerung, von der sie sich abgeschnitten hatte mit dem Entschluss, nicht mehr zu reden und nicht mehr zu erkennen.

Sie war ein Schatten dessen, was sie gewesen, der Schatten eines Schattens, grau im grauen Licht dieses Tages, sie würde blau sein in der Bläue der Nacht und der Regen, so sie sich ihm aussetzte, würde sie zerstoßen zu allerfeinstem Staub.

Er besuchte sie fortan regelmäßig, von Verzeihen und Mitleid war die Rede, von neu erwachter Liebe gar wollte man wissen, aber das war alles Unsinn, er schaute ihrem Verfall zu, um nicht dem seinen folgen zu müssen, er rechtfertigte sein kaputtes Leben mit ihrem, und dass sie langsam dahinstarb, gefiel ihm, weil es ihm seinen eigenen Weg zeigte, der ihn endlich von der Steffi lösen sollte.

Der Hammerer-Karl holte mich in sein Bett, sagt Carmen, genauer gesagt in Steffis Bett, und er sagte, er tue es, weil sie nicht da sei und damit ich mich nicht fürchten müsse.

Ich hätte mich aber, sagt Carmen, gar nicht gefürchtet. Ich habe mich viel mehr gefürchtet, wenn er zu mir gekrochen kam und das Bett unter seinem Gewicht geknarrt hat.

Er sagte, er müsse sich an mir wärmen, und dann schmiegte er sich von hinten an mich und wärmte sich, aber ich habe das nie gemocht, sagt Carmen, mir war das immer unangenehm, weil er die kältesten Füße hatte, die einer nur haben kann, und ich zitterte und zitterte und lag steif wie ein Stock und wartete, dass der Spuk ein Ende nahm und manchmal, sagt Carmen, manchmal hat er mich angepisst.

Aber, sagt Carmen, das war eine komische Pisse, denn ein weißer Schleim ist keine Pisse, da kann mir keiner was erzählen. Er war eine Sau, sagt Carmen, und eine kranke dazu!

Und sie, sagt Carmen, sie hätte ich am liebsten durch den Fleischwolf gedreht, denn wenn sie da gewesen wäre –

Ich war, sagt Carmen, ein armes Schwein und der Hammerer-Karl, ja, der Hammerer-Karl! Auch eine arme Sau!

Stell dir vor, Karl, sagte Steffi und war immer noch außer sich, stell dir vor, was mir passiert ist! Steht doch die Seelich hinter uns an der Kasse und mischt sich ein!

Sie war mit Carmen im Großhandel gewesen, sie hatten den Einkaufswagen vollgeräumt und als es an der Kasse ans Leerräumen ging, war Carmen eine Schachtel mit Tomaten aus den Händen gekippt und die roten Teufel hatten sich verrollt, so schnell konnte man gar nicht schauen.

Steffi war auf der Stelle hysterisch geworden. Du Trampel, du blöder, hatte sie zwischen den Zähnen hervorgequetscht, du bist wirklich für alles zu blöd! Sie hatte in diesem Augenblick große Ähnlichkeit mit einer Schlange, noch dazu trug sie ihren Leopardenmantel und der machte sie noch gefährlicher.

Aber wirklich für alles, du Kuh! Gleich fängst du eine, da kannst du Gift drauf nehmen!

Da sagte eine Frauenstimme in ihrem Rücken: Finden Sie nicht, dass Sie ein bisschen überreagieren? Das ist doch wirklich nicht so tragisch. Das kann doch jedem passieren!

Steffi verschlug es den Atem. Dann holte sie tief Luft, drehte sich um und wollte zuschlagen, verbal, wie sie es immer machte, wie sie es gut konnte. Dass das ja wohl ihre Sache sei und dass sie, die Gnädige, die Madame, sich gefälligst nicht einmischen solle. Dass es sonst ungemütlich werde, denn mit ihr, Steffi, sei nicht zu spaßen und sie sei schon mit ganz anderen Kalibern fertig geworden und es sei ganz und gar ihre Sache, wann und wie oft und warum sie ihrer Tochter eine knalle – und da war es Klara Seelich, die dastand.

Vor ein paar Wochen erst war sie zurückgekommen und lebte nun wieder hier, zur Freude ihrer Mutter, die im Altenheim lebte und die Tochter all die Jahre schmerzlich vermisst hatte. Sie brachte ein Kind mit, Juli, die, so wollte es der Zufall, im gleichen Alter war wie Carmen. Niemand im Ort wusste, warum sie zurückgekommen war, sie sah ein wenig leidend aus, befand man, ein wenig zu dünn, ein wenig zu blass, und ihren Mann hatte sie in Amerika gelassen, wo sie viele Jahre mit ihm gelebt hatte, und nun war sie da und blieb und zufrieden stellten die Alteingesessenen fest, dass wiederum eine Tochter des Ortes vom Leben draußen zurückgetrieben worden war.

Steffi war ihre Rückkehr von Anfang an ein Dorn im Auge, in ihrer gemeinsamen Kindheit schon waren sie wie Hund und Katz gewesen, nur weil sie nun erwachsen waren und gezeichnet vom Leben, das nur sich selbst voranzubringen gedachte und sich keinesfalls zuständig zeigte für Glück und Zufriedenheit und was einer sonst noch für sich beanspruchte, musste sich das nicht geändert haben, und seit ihr Klaras Rückkehr zu Ohren gekommen war, hatte sie gespannt darauf gewartet, wann sie sich über den Weg laufen würden und sich in leuchtenden Farben ausgemalt, wie denn das sein und was sie denn sagen würde.

Nun also war es passiert, aber in einem derart ungünstigen Moment, dass sie sprachlos war und vor Überraschung knallrot wurde und in der Folge schluckte – und nichts sagte.

Nur Klara sagte etwas. Klara sagte, und es klang ein bisschen überrascht: Ach! Und zog die linke Augenbraue hoch. Du bist das! Und dann, als Steffi immer noch nicht reagierte: Juli, hilfst du die Tomaten einsammeln?

Aber die hatte sich schon längst gebückt und als alles Gemüse wieder war, wo es hingehörte und sie endlich bezahlt hatten, schauten sie, dass sie hinauskamen aus dem Geschäft und ins Auto und natürlich bekam Carmen da eine geknallt, jetzt erst recht, und dann noch eine zweite, denn wo käme man hin, ließe man die Seelich, ausgerechnet die Seelich, sich einmischen in Dinge, die sie wirklich, also auch wirklich gar nichts angingen!

Zu Hause erzählte Steffi ihre Geschichte nun dem Hammerer-Karl, der sie ein wenig starr anschaute und sich wieder in sein Schnapsglas versenkte, und da fiel Steffi in der Erinnerung auf, dass die Seelich so dünn geworden war.

Ein ganz dünner Strich ist die, Karl, so dünn, das hast du noch nicht gesehen! Die knickt eines Tages ein, Karl, das sag ich dir, die bricht eines Tages entzwei. Kann nicht auf sich selber schauen, die magersüchtige Kuh, aber regt sich über andere Leute auf! Wahrscheinlich nimmt sie Drogen, irgendein giftiges Zeug. Was sagst du dazu, Karl?

Der Hammerer schüttelte sich ungeduldig und sagte nicht besonders viel, nur, dass ihn dieses Gequatsche von der Seelich nicht interessiere und Steffi sich in die Küche scheren und endlich anfangen solle mit der Tomatensuppen-Kocherei, denn die koche sich nicht alleine und sie hätten auch noch anderes zu tun, zum Beispiel sei der Sauschädel zum Auslösen.

Steffi schlitzte die Augen. Ach was, Sauschädel hin oder her, er könne sie kreuzweise, sie sei hier kein

Knecht und so könne er nicht mit ihr reden und den Sauschädel solle er sich sonst wohin stecken.

Carmen, die sich beim Tisch an der Tür verkrochen hatte, duckte sich, denn wenn Steffi so wütete, wusste man nie, was noch kommen würde und ducken war dann immer das Beste!

Der Hammerer-Karl duckte sich aber nicht, der Hammerer-Karl knallte der Steffi eine und da war sie still und schnappte sich die Tomaten und ging in die Küche. Dort schaute sie der Aushilfe auf die Finger, der alten Vettel, denn der konnte man nicht trauen, weil sie ständig von den guten Cremeschnitten naschte.

Dass du mit *der* nichts anfängst, sagte Steffi warnend zu Carmen. Dass mir *die* nicht ins Haus kommt! Wer weiß, was mit *einer* los ist, wenn *eine* eine solche Mutter hat. Wahrscheinlich nimmt die Drogen, die Klara, so, wie die aussieht. Wer weiß! Du auf alle Fälle, giftete Steffi, du hast mit der nichts am Hut! Nichts! Verstanden?

Und weil man zu Steffi nicht ABER sagte und schon gar nicht EIGENTLICH, nickte Carmen, aber tief in ihr dachte es wild und traurig, dass sie mit Juli gerne ein wenig vertrauter geworden wäre, gerne ein wenig freundschaftlicher.

Immer wenn Carmen am Morgen die Klasse betrat und nach hinten zu ihrem Platz ging, war sie schon da, Juli, und immer lächelte sie ein wenig zaghaft, wenn Carmen an ihr vorbeimarschierte und die lächelte noch zaghafter zurück.

Vielleicht, dachte sie dann, wenn sie sich niedergelassen hatte am Tisch ganz hinten und ihre Augen sehnsüchtig Löcher in Julis Rücken brannten, vielleicht wäre es schön, neben ihr zu sitzen und mit ihr zu lernen.

Juli war nämlich eine von denen, die alles wussten, alles konnten, alles verstanden. Carmen nicht. Carmen tat sich schwer mit allem und jedem und war sich selbst und dem Stiftsgymnasium eine Bürde und war unglücklich und traurig und die vielen Tränen, die sie nicht entließ aus ihren Augen, pfropften sich tief irgendwo in ihr fest, sie wusste nicht wo, sie wusste auch nicht, ob diese Pfropfen eines Tages in ihr zerplatzen und sie überschwemmen würden und sie dann ertränke in diesem ungeweinten Salzsee, ja, sie wusste nicht einmal, dass sie unglücklich und traurig *war*, denn das, was sie war, war sie ja immer gewesen, Zeit ihres Lebens, und also war es wohl normal.

Julis Mutter war eine ganz Feine, sagt Carmen. Einmal wartete sie vor der Schule auf Juli, aber die hatte noch etwas zu erledigen in der Klasse und das würde noch ein bisschen dauern, also ging ich hin zu Klara und wollte ihr das sagen, aber dann –

Aber dann, sagt Carmen, bekam ich kein Wort heraus, ich stand vor ihr und musste sie immerzu anschauen, weil sie so schön war, so durchsichtig.

Bist du nicht Carmen, fragte sie und ich konnte nichts sagen, ich blöde Kuh, und dann kam Juli und rempelte mich an und grinste mir zu. Klar wie Klara, sagte sie, das ist Carmen. Kommst du mit, Carmen?

So war das, sagt Carmen, so einfach. Und ich ging mit. Natürlich ging ich mit und ab da war alles anders. Ab da hatte ich eine Freundin.

Julis Mutter, sagt Carmen, konnte Geschichten erzählen, die waren fantastisch, und einmal erzählte sie von einer Oper, von einer wunderschönen Zigeunerin namens Carmen und dass alle sich in sie verliebten und dass sie immerzu den Flamenco tanzte und ob ich das auch einmal wollte.

Was, fragte ich, sagt Carmen. Was?

Tanzen, sagte Klara und hatte eine eigenartige Sehnsucht in der Stimme, tanzen.

Da habe ich JA gesagt, sagt Carmen und dann habe ich geträumt. Dass ich das könnte. Flamenco. Das klang wie ein besonderes Eis oder eine besondere Schokolade und weil ich Carmen hieß und mein Vater Spanier war, dachte ich, dass ich das vielleicht wirklich könnte, weil ich irgendetwas ja einfach können müsste, weil doch jeder etwas können muss, sagt Carmen, ir-

gendetwas. Und ich hab mich gefreut und es hat mich glücklich gemacht.

Aber dann, sagt Carmen, erzählte ich es meiner Mutter, das mit dem Tanzen, und die lachte und sagte, ich und tanzen, das ginge ja gar nicht, weil ich doch eine Kugel wäre und dass man mich doch rollen könnte!

Außerdem meinte sie, sagt Carmen, dass der Papa gar kein Spanier sei und den Unfug sollte ich endlich aufhören zu glauben, denn Pomadenhaare und ein wenig blödes Träumen machten noch lange keinen Spanier.

Ja, sagt Carmen und lächelt ein bisschen, das hat sie gesagt, meine Mutter und außerdem, sagt Carmen, stirbt Carmen zum Schluss und ich hab gedacht, vielleicht muss ich das auch.

Manchmal ging Carmen mit Juli heim. Wenn Steffi in der Nacht gekocht hatte und am Morgen fortgefahren war und man nicht wusste, wann sie wiederkehren würde, in der Nacht desselben Tages oder erst in der nächsten. Da traute sich Carmen mit Juli heim und trat in eine Wohnung, die war durchflutet von Stille und von Licht weiß wie Milch und Carmen stand und staunte und wurde satt.

Einmal übernachtete sie bei Juli. Steffi nämlich hatte einen Notarsbrief erhalten, in dem stand, der Taufpate sei gestorben und habe ihr etwas hinterlassen und sie möge zur Eröffnung des Testaments kommen.

Also verabschiedete sich Steffi für drei Tage und Carmen hatte frei, denn seit der Hammerer sich am Schnaps wärmte und häufig die erste Frau besuchte, brauchte er Carmen seltener, und der alten Vettel war es ohnehin gleichgültig, wo das *Mensch* sich aufhielt. Also packte Carmen ihren Rucksack, sagte Servus zur Vettel und dass sie bei einer Freundin schlafe und schaute, dass sie hinauskam aus dem Wirtshaus, bevor der Hammerer vielleicht doch noch nach ihr schreien konnte.

Sie spielten und quatschten bis tief in die Nacht und als Klara kam zum Gute-Nacht-Sagen und Lichtabdrehen und Juli sich fest an sie drückte und sie küsste und als Klara auch Carmen über die Haare strich, da ahnte die, was ihr fehlte und sie schloss die Augen und drückte sich ein bisschen mehr an Julis Mutter heran und die merkte das und hielt still und hielt Carmen fest und die musste sich mühen, die Tränenpfropfen zurückzupressen, die plötzlich aus ihr herauswollten.

Dann war es dunkel im Zimmer und wohligschwere warme Müdigkeit überkam Carmen und sie wollte sich ihr hingeben und hineinfallen in den Schlaf, aber plötzlich –

– plötzlich schoss es ihr siedendheiß ins Hirn: Was wenn? Was wenn?

Was, wenn das Pinkeln sie überkam in der Nacht wie jede Nacht? Was, wenn das Ins-Leere-Pinkeln-im-Schlaf sie überkam in der Nacht wie jede Nacht? Was wenn?

Und also schlief sie nicht in dieser Nacht. Und also konnte sie nicht schlafen, denn wenn es geschähe, das Ins-Leere-Pinkeln-im-Schlaf in Julis Matratze hinein, sie hätte nie wieder in diese Wohnung gekonnt, diese milchig-weiße, nie wieder, nie wieder zu Juli und Julis Mutter und also hielt sie die Stille aus und die Dunkelheit und also schlich sie alle zwei Stunden aufs Klo und da kamen nur ein paar Tröpfchen und dann schlich sie zurück ins Bett zu Juli, die schlief wie ein warmer Schatten, wie ein glückliches Gespenst.

Ihre Tochter ist immer müde, sagte die Fersinger. Andauernd muss sie gähnen. Schläft sie nicht genug?

Die Fersinger war Carmens Mathematikprofessorin und weil Steffi es mit Frauen nicht so hatte, weil sie leicht Angst kriegte vor Frauen und weil sie immer das Gefühl hatte, dass Frauen ihr unterstellten, dass sie ihnen ihre Männer abspenstig machen wolle mit ihrem offensiven Busengehabe und dass sie außerdem ihr Kind nicht richtig erziehen könne, hatte sie eine Wut auf Frauen und auf die Fersinger sowieso, weil die Fersinger Professorin war.

Aber natürlich schläft sie genug, sagte sie daher etwas mauzig, aber gerade noch in der Fasson. Was wollen Sie mir denn da unterstellen?

Die Fersinger hob abwehrend die Hände. Aber nichts, gar nichts, ich bitte Sie, Frau Hammerer. Es geht doch nur darum, dass die Carmen nicht immer alles mitbekommt und vielleicht liegt es daran, dass sie zu wenig schläft und dann nicht so aufpassen kann, wie sie sollte.

Die Fersinger lächelte und strich sich mit der Zunge über die Lippen und dachte, was für eine blöde Kuh die Hammerer doch war und dass die Tochter so war, wie sie war, kein Wunder!

Einmal war sie im Wirtshaus gewesen, die Fersinger, als es BESONDERES zu speisen gab und das BESONDERE war wirklich BESONDERS gewesen, das musste man zugeben, ein Wildschweinbraten in einer leichten Rotweinsauce, gefüllt mit Kastanien und Pilzen, und eine Karamellcreme, die ihresgleichen suchte, und während die Fersinger und ihr Mann sich diese Creme auf der Zunge zergehen ließen, dankten sie Gott für Steffis Traurigkeit.

Wie gesagt, Frau Hammerer, sagte die Fersinger und räusperte sich leise, wie gesagt.

Ein abschließendes Lächeln kündigte das Ende der Sprechzeit an, Steffi erhob sich und streckte ihre

Hand aus und die Fersinger hob ein wenig die rechte Augenbraue, weil ihr Steffis Aufzug plötzlich sehr nuttig vorkam, sehr nuttig, der Rock zu kurz, die Stiefel zu hoch, der Ausschnitt zu tief.

Sie räusperte sich jedoch zur Ordnung und gab Steffi die Hand.

Ihr Wildschweinbraten übrigens, sagte sie, ein Gedicht. Würden Sie es mich wissen lassen, wenn es wieder so weit ist?

Steffi lächelte und strich sich mit der Zunge über die Lippen und dachte, was für eine blöde Kuh die Fersinger doch war und der Rock, der geblümte, der stamme wohl aus dem letzten Jahrhundert und dass Carmen in ihrem Unterricht so war, wie sie war, kein Wunder, bei einer solchen Schlaftablette musste man ins Schlafen kommen, kein Wunder!

Grüß Gott, Herr Knallmann, sagte Steffi und spreizte ihre Lippen zu einem bewährten Lächeln und fühlte sich gleich wohler, denn ein Mann war ein Mann, da konnte man sagen, was man wollte.

Grüß Gott, Herr Knallmann, sagte sie und strich sich mit den Händen den Rock über dem Hintern glatt, bevor sie sich setzte. Der Knollmann, der sonst nicht besonders viele Freuden in seinem Leben hatte, begann ein wenig zu sabbern, hatte sich aber gut im Griff und sagte: Knoll.

Was, fragte Steffi, wie?

Knoll, sagte der Knollmann und grinste ein bisschen, Knoll wie die Knolle, nicht Knall wie die Knalle. Knollmann, nicht Knallmann.

Oh, sagte Steffi, oh und grinste zurück. Verzeihung, Herr Knollmann. Hammerer übrigens, Hammerer.

Aber ja, Frau Hammerer, buckelte der Knollmann, ich weiß, Frau Hammerer, und sabberte ein bisschen mehr, weil Steffi gekonnt ihre Beine übereinanderschlug und er einen knappen Blick in ihr Allerheiligstes erhaschen konnte.

Sie kennen mich?, flötete Steffi und tat überrascht und lächelte zufrieden, weil sie bemerkte, wie wenig der Knollmann seinen Sabber für sich behalten konnte: Woher kennen Sie mich? Ich war doch noch nie bei Ihnen in der Sprechstunde.

Aber ich bitte Sie, Frau Hammerer, das große Wirtshaus, natürlich, Frau Hammerer, wo denken Sie hin, Frau Hammerer, säuselte der Knollmann und hoffte, Herr über seinen Atem zu bleiben, denn jedes Mal, wenn Steffi sich ein wenig vorbeugte, drohte er ihm zu stocken und er war heilfroh, dass er hinter dem Lehrertisch saß und schwor sich, die nächste Viertelstunde nicht aufzustehen.

Steffi räusperte sich schließlich zur Ordnung. Sie haben meine Tochter in Deutsch, ja? Kann das sein?

Er nickte. Und in Zeichnen.

Steffi nickte zurück: Ja. Zeichnen. Wie auch immer. Und?

Der Knollmann räusperte sich und versuchte ein nachdenkliches Gesicht zu machen, was aber nicht recht gelang. Naja, sagte er, sie ist sehr still, sehr still, meldet sich kaum, sagt fast nichts.

Scheiße, dachte er, so eine tolle Frau und so eine – Tochter.

Aha, machte Steffi, sehr still, ja, das sagen sie mir überall. Sehr still. Aha. Ja. Das hab ich jetzt schon hundertfünfzigtausend Mal gehört. Sehr still. Aha. Jaja. In Englisch und in Mathematik und in Musik, sogar in Turnen. Ist das eine Umschreibung für ein bisschen blöd?

Der Knollmann bekam einen krampfartigen Husten und Steffi fragte sich, ob sie sich wohl erlauben dürfe zu rauchen, und nestelte in ihrer Tasche nach den Zigaretten. Nervös sprang der Knollmann auf: Frau Hammerer, ich fürchte –

Aber Steffi war aufgestanden und zum Fenster geeilt und hatte es geöffnet und brachte Wind und Schnee herein und setzte sich auf das Fensterbrett und er stand ihr gegenüber und holte sein Feuerzeug aus der Hose und hatte einen wunderbaren Blick auf ihren Ausschnitt und auf sie als Gesamtkunstwerk und als Zeichenlehrer berührte ihn das besonders.

Dafür, sagte er und erinnerte sich mühsam an seine eigentliche Aufgabe in diesem Augenblick und an diesem Ort, dafür kann sie ziemlich gut zeichnen, die Carmen. Ja, ich möchte fast sagen, ausgesprochen gut.

Aha, machte die Hammerer und verzog ihre Mundwinkel, gut zeichnen. Na super! Das wirft uns nach vorne.

Sie strich an seine Hand, als er ihr Feuer gab, und das spürte er stichartig im Schritt und sie bemerkte es und lächelte und sagte: Ach, Herr Knallmann, Sie wissen gar nicht, wie schwer ich es habe.

Er schluckte und fragte und musste zwei Mal ansetzen, weil ihm die Kehle eng wurde. Kann ich Ihnen helfen? Irgendwie?

Sie blickte auf, versenkte sich tief in seine Augen, nahm einen tiefen Zug aus der Zigarette und drückte sie am Fensterbrett aus. Würden Sie gern? Herr Knallmann?

Knoll, sagte er, Knoll!

Sie lächelte. Und ging.

Er starrte ihr hinterher, sie trug Stiefel mit hohen Absätzen, ihr Rock war ziemlich kurz und er war sicher, dass Frauen sie nicht mochten. Sie schloss leise die Tür hinter sich und er das Fenster und ging zurück zum Tisch und sah einen Schal über dem Stuhl hängen, den musste sie vergessen haben. Er nahm ihn und legte sein Gesicht hinein und roch daran und er schmeckte nach Rotwein und Fasanenstiefeln, was immer das war. Plötzlich stand sie hinter ihm, ihr Bauch rührte an sein Gesäß. Oh, du mein Held, flüsterte sie und er wähnte sich in einem Film.

Als es klopfte, sagte er: Herein!

Eine dicke Frau mittleren Alters trat ins Klassenzimmer, sie blieb stehen und schnüffelte in die Luft. Riecht es hier nach Rauch?

Nein, sagte der Knollmann sachlich, Sie müssen sich irren. Bitte nehmen Sie Platz.

Ich weiß nicht, sagt Carmen, was er sich erwartet hat, der Knollmann. Ich weiß nicht, ob ihm klar war, dass Steffi keine war, von der man sich etwas erwarten konnte. Ich weiß auch nicht, wie es geschehen konnte, dass er so verloren ging, ihretwegen. Sie muss an diesem Sprechtag ein Licht in ihm gezündet haben und ab da liebte er sie still vor sich hin, das war nicht zu übersehen.

Jeden Freitag nach diesem Sprechtag kam er ins Wirtshaus essen, denn am Freitag bediente sie immer, da war nie viel los und die alte Vettel hatte ihren freien Tag, musste ja auch sein.

Da saß er dann, sagt Carmen, immer am selben Tisch, immer am selben Sessel und verschlang sie mit den Augen und sie turnte go-go-girl-artig vor ihm herum und hinter der Schank stand mordlustig der Hammerer.

Dabei hätte der sich diesmal nicht aufregen müssen,

sagt Carmen, denn sie hat nur gespielt und nicht einmal mit dem Feuer, nur mit dem Knollmann und der war schon verloren, ehe das Spiel überhaupt begann.

Ich meine, ich bin ja eher blöd, sagt Carmen, aber den Check hatte sogar ich, dass der Knollmann ganz ohne Hoffnung war in Bezug auf die Welt und das Leben, aber ganz ohne. Selbst weiße frisch gestärkte Hemden leuchteten an ihm nicht mehr, sagt Carmen, und dass es genau das sei, was ihre Mutter am meisten und ganz fürchterlich abturne.

Da hat einer sofort ausgeschissen, sagt Carmen, aber sofort. Wenn einer nicht als Oh-du-mein-Held daherkommt, kann er sich gleich wieder verdrücken, am besten im Rückwärtsgang und im Zeitraffer.

Naja, sagt Carmen, auf jeden Fall hatten alle was von der Geschichte, sie das So-schön-und-so-toll-Gefühl, der Knollmann eine Prise Glück und eine Prise Sich-selber-Spüren und der Hammerer die Erkenntnis, dass er auf immer ein alter, angeschmierter Trottel sein würde.

Nur ich, sagt Carmen, nur ich hatte nichts von der Geschichte, rein gar nichts. Nicht ein einziges Mal zeigte er sich erkenntlich, der Herr Lehrer, dass ich ihm seinen Traum frei Haus geliefert hatte. Nicht ein einziges Mal bekam ich einen Schularbeitentipp oder eine ausgearbeitete Prüfungsfrage, als Gegenleistung quasi, sagt Carmen. Nicht einmal. Der Arsch!

Im Geheimen weinte Steffi oft über ihre missratene Tochter und ihren Mann, der auch nicht viel besser war, aber immerhin ein Wirtshaus in die Ehe gebracht hatte.

Im Geheimen hielt sie Ausschau nach dem Spanier, aber nicht auf dem Mond, sondern in den Kristallkugeln billiger Wahrsagerinnen und den Tarotkarten heilbringender weiser Frauen.

Sie fand ihn nicht, nur die verklärte Erinnerung, aber die machte sie leuchten und strahlen wie eine Christbaumkerze.

Die Ehe steht ihr gut, sagten die Stammtischbrüder grinsend, schnalzten mit der Zunge und beglückwünschten den Hammerer-Karl zu seiner Frau, die in ihren Wirtinnenjahren wahrlich zu einer Wirtin gereift war, mit schwer hängenden Brüsten in üppigen BHs und knackigen Arschbacken in engen Stretchröcken.

Der Hammerer-Karl ist zu beneiden, sagten die Stammtischbrüder und wischten sich den Bierschaum aus den Bärten und bestellten die nächste Runde, um Steffi in den Ausschnitt, den tiefen, gaffen zu können und darauf zu hoffen, dass der Rock noch ein wenig höher rutschte.

Aber der Hammerer war misstrauisch – dem Luder ging's zu gut, hatte sich eingenistet wie die Made im Speck, leuchtete von innen heraus wie eine Christbaumkugel im Sternspritzerhagel und verschwand, wann immer es ihr passte – da konnte einer ja nur zum Saufen anfangen!

Was er, der Hammerer, längst getan hatte. Schüttete den Schnaps in sich hinein wie andere Wasser in ein Abflussrohr. Kam immer seltener sich nächtens sein Recht zu holen bei Steffi.

Aber das wusste keiner. Nur der Hammerer-Karl selbst und Carmen und Steffi, und der war es recht. Die hatte genug zu tun mit der Wirtschaft und ihrer Traurigkeit und ihren Liebhabern und ganz besonders mit dem missratenen *Mensch*, dem missratenen, das Nacht für Nacht ins Bett pisste und die Bettwäsche ruinierte und die Matratze und überhaupt alles und im Besonderen Steffis Leben.

Ich bin so allein, klagte Steffi, alleiner geht's gar nicht. Sie war auf der Suche nach Juan, dem Spanier, und dabei fand sie Männer, die ihrerseits suchten, nämlich reiche Damen fortgeschrittenen Alters, die bereit waren, sich ihres Geldes und nicht ihrer selbst wegen lieben zu lassen.

Steffi war zwar nicht reich und erst mittleren Alters, aber sie hatte einen Mordsausschnitt und melancholische Augen und das zog auch.

Wenn sie dann große, einsame Dame spielte mit *Ich bin so allein* und *Alleiner geht's gar nicht*, sanken die Männer reihenweise in ihr Herz und ihren Ausschnitt und blieben bis zum nächsten Morgen und oft darüber hinaus.

Kam sie heim, sank sie in schweren Schlaf, erwachte Stunden später durch den Mittagslärm der Gaststube, hastete auf, ging hoch erhobenen Kopfes hinunter in den Dunst der Küche und wusste jedes Mal, wenn sie die Blicke sah, die hochgezogenen Brauen: Wieder nicht stark genug gewesen, wieder nicht gewonnen gegen die, die dich aussaugen und lahmlegen mit ihren Blicken, ihren Gedanken, und da kriegst du weiche Knie und Herzrasen, der Schweiß bricht dir aus allen Poren und knallrote Flecken kriechen dir den Hals hoch und leuchten wie Tausendwatt-Lampen, wie der Urknall hinein in dein Herz und überallhin, durch jeden Stoff und jedes Vlies.

Als Carmen glaubte sterben zu müssen, von einer Stunde auf die andere, war sie knapp zwölf und ein *Mordsmensch* geworden.

Es war Sommer, die Sonne knallte vom Himmel und seit Wochen hatte es nicht geregnet. Die Felder standen dürr, die Bauern fluchten, die Pfarrer baten in ihren Sonntagspredigten um Regen, aber der Regen pfiff ihnen eins und schickte die Sonne in den höchsten Zenit. Da flirrte die Hitze über den Asphalt und fraß alles, was sich ihr in den Weg stellte.

An einem dieser Tage glaubte Carmen sterben zu müssen. Sie war um fünf Uhr aufgewacht, das große Haus lag still, verborgen noch im Grauschleier der Tag, ungewiss, ein Morgenschatten ausgebreitet über dem Haus und dem, was es draußen umgab.

Es waren Augenblicke, wie Carmen sie liebte, die Zeit zwischen dem Tag und der Nacht, zwischen Ankommen und Vergehen, wenn der Nebel, zart ins Uferlose wolkend, das graugrüne Kühl des Teiches freigab.

Da glitt sie hinein ins einzige Frisch des Tages, frei, leicht wie eine Feder, denn das Wasser hatte alles Schwere aufgenommen, alles Unklare, zerwirbelte es und zog es in die Tiefe. Dann, endlich, als sie kalt genug geworden war, stieg sie aus dem Wasser und hüllte sich fröstelnd in das Handtuch und blieb so stehen, eine Weile, und starrte ins Graugrün, das allmählich glitzrig wurde, weil die Sonne hineinfasste.

Plötzlich spürte sie etwas Warmes an ihren Schenkeln und etwas Wehes in ihrem Bauch und sie erschrak zutiefst, weil das Ins-Leere-Pinkeln sie jetzt schon am Tag überraschte, und sie griff nach dem Warmen, als könnte sie es aufhalten, und erschrak noch mehr, als sie merkte, dass es Blut war.

Im Leben hatte sie sich noch nicht so gefürchtet, nicht, wenn Steffi mit ihr schrie und nach ihr schlug, nicht, wenn sie den Hammerer-Karl an sich spürte und nicht, als der Spanier sie in das enge Loch gestoßen hatte, in dem sie heute noch saß.

Sie legte sich auf die Wiese und machte sich so flach, wie es ging, und flehte inständig um Ruhe und inständig um Gnade, aber alles Bitten war umsonst. Schließlich kroch sie ins flache Wasser und wusch sich und schaute verstört den roten Schemen nach, die sich ins Graugrün lösten und ins Nichts.

Das also ist Sterben, dachte sie, sich Auflösen ins Graugrün und ins Nichts und sie überlegte, ob es ihr recht war, und ein bisschen recht war es ihr.

Als sie Stimmen hörte, raffte sie ihre Sachen an sich, drückte das Handtuch zwischen ihre Beine und rannte in den Wald.

Arme Sau, dachte sie, Carmen-arme-Sau, gehst sterben in den Wald, ganz allein. Blöde Kuh, sagte Mama, selber schuld. Halt still, sagte der Hammerer, halt endlich still, sonst schmier ich dir eine. Carmelita, sagte Papa, Carmelita, meine Süße, sagte er. Carmelita fand ihn schön, wenn sein grünes Gesicht auf sie herableuchtete und seine Hand ihre Angst fortstrich. Carmelita fand ihn schön, wenn sein Haar zaubrisch glänzte und der matte Nachtschein ihn so anmutig machte und so biegsam wie einen silbrigen Fisch im Mond. Und dann gingen sie in den Teich, schwammen ins schwarze Endlos und lösten sich auf.

Die Aushilfe, die alte Vettel, die heimlich Cremeschnitten aß, war einkaufen gegangen, eine Packung Monatsbinden für das *Mensch* und eine Tafel Schokolade und ein BRAVO-Heft.

Es war hereingewankt, das *Mensch*, in die Wirtsküche, mittags, um halb zwölf, nass und halb aufgelöst und hatte *Ich sterb* gestammelt, immer wieder *Ich sterb!*

Steffi hatte ihr zuerst vorsorglich eine geknallt und sie dann ins Bett gepackt und das blutige Handtuch in den Müll geschmissen. Dann hatte sie die Aushilfe zum Einkaufen geschickt, war ins Zimmer zu Carmen gegangen, hatte sich auf einen Stuhl gesetzt und ihr beim Schlafen zugeschaut.

Aus den Sommerferien kamen Juli und Klara nicht zurück.

Sie waren in Amerika gewesen, bei Ärzten, die Klaras komische Krankheit, das Dünn-Bleiben, heilen wollten. Aber irgendwie mussten sie ordentlich geschlampt haben, denn da war nichts geheilt worden. Nichts.

Gestorben war Klara, die hatte gewusst, wie's geht.

Carmen drückte es die Gurgel zu und das Herz ab und sie ahnte, dass sie immer gewusst hatte, dass Juli und ihre Mutter irgendwann entschweben würden, irgendwo verglühen, so fein gesponnen, wie die waren.

Nicht einmal Steffi sagte etwas Böses, nur, dass augenscheinlich gewesen war, dass Klara einmal entzweibrechen würde, so ein Strich, wie sie gewesen war.

Ab da, sagt Carmen, stellte ich mir das Christkind immer als Klara vor, dünn und fein und durchsichtig, mit weißen Flügeln und einem langen Goldkleid und goldenen Locken.

Ja, sagt Carmen, jetzt wird Klara für ihr anderes, ewiges Leben lang ein goldenes Kleid tragen und wenn ich die Augen schließe, kann ich sie anschauen. Lieber würde ich sie im Leben anschauen, sagt Carmen, und angreifen, sagt Carmen, aber das geht halt nicht mehr.

Dass Juli ihr einen Brief geschickt habe, sagt Carmen, dass sie, Carmen, nach Amerika kommen solle, um Klaras Grab zu besuchen, dass sie, Juli, nun wieder dort bleibe bei ihrem Vater, dass sie, Carmen, ihre einzige Freundin gewesen sei und dass sie sie vermissen werde, dass sie, Juli, schrecklich traurig sei, dass sie jeden Abend weine, dass sie eine große Sehnsucht habe.

Dieses *Mensch* treibt mich zur Verzweiflung, seufzte die Fersinger und nahm einen großen Schluck

Kaffee. Sitzt da und schaut dich an und du weißt genau, dass sie nichts mitkriegt und beim nächsten Test schreibt sie dir einen Fleck, dass es nur so kracht.

Ja, natürlich, sagte die Fersinger, weiß ich, dass sie eine arme Sau ist, aber was soll ich machen, ich bin nicht die Caritas.

Kenn ich, sagte der Knollmann, kenn ich, aber irgendwie finde ich sie auch lieb.

Ja, sagte die Fersinger, irgendwie! Irgendwie sind sie alle lieb, aber trotzdem gehen sie mir auf die Nerven. Und der Rutschka-Ferry ganz besonders. Den würde ich am liebsten durch den Fleischwolf drehen.

Kenn ich, sagte der Knollmann, kenn ich und irgendwann knall ich ihm eine. Ich hol mir den auf den Gang und knall ihm eine.

Naja, sagte die Fersinger, das ist ein bisschen brutal, das kannst du nicht machen, da hast du gleich eine Diszi.

Ach was, meinte der Knollmann, Diszi hin, Diszi her, wenn du keine Zeugen hast, hast du keine Zeugen, dann gibt's auch keine Diszi!

Ach was, dachte die Fersinger, Spitzname hin, Spitzname her, einen passenderen als den vom Knollmann konnte es nicht geben.

Ohne Juli, sagt Carmen, war es noch schwerer in der Schule. Ich war das letzte Ei, sagt Carmen, aber das allerletzte. Ich habe nichts mehr mitbekommen, ich wollte auch gar nicht, und wenn die Fersinger von Brüchen und vom relativen Gewinn quatschte, ging die mir damit nur auf die Nerven! Ich dachte mir, mein relativer Gewinn wird sein, wenn ich endlich weg bin, weit weg von der Schule, von daheim, von allem. Und während sie so vor sich hin nuschelte, guckte ich mir ihre Haare an, ob nachgefärbt gehörte und wie der Fettigkeitsgrad war und ob sie wieder zugenommen hatte.

Beim Knallmann, sagt Carmen, merkte ich, dass er nicht nur auf meine Mutter stand, sondern auch sonst ein Dillo war, denn nur ein Dillo konnte die Schummlerei vom Rutschka übersehen und sich derartig viele Frechheiten gefallen lassen. Vielleicht aber brauchte der Knallmann einfach nur Geld zum Hausbauen oder für sonst was und musste deshalb dem Rutschka-Vater in den Arsch kriechen, denn der Rutschka-Vater war Bankdirektor in der Filiale in unserem Viertel.

Das war überhaupt so eine Sache mit dem Rutschka, sagt Carmen, ich hatte Angst vor ihm und wollte ihm nicht allein begegnen. Der konnte so böse sein, der konnte dir alles antun.

Einmal, sagt Carmen, lauerte er mir auf bei der Unterführung zum Zug. Entweder, sagte er, gibst du mir Geld oder ich brech dir den Arm.

Ja, sagte ich, morgen, morgen geb ich dir Geld.

Da ließ er mich laufen, sagt Carmen, und ich ging heim und fing zu stehlen an.

Carmen nahm Geld aus Steffis Geldtasche und Geld aus der Geldtasche vom Hammerer-Karl und Geld aus der Geldtasche der alten Vettel.

Nie zu viel und nie zu wenig, sie machte das geschickt und keinem fiel etwas auf.

Der Rutschka lachte. Wo kriegst du denn das alles her? Häh?

Geht dich nichts an, sagte Carmen, aber das hätte sie besser nicht gesagt, denn so schnell konnte sie gar nicht schauen, kriegte sie eine geknallt und dann noch eine, eine links und eine rechts.

Frech brauchst du schon gar nicht werden, sagte der Rutschka, frech schon gar nicht! Und da er nicht dumm war und sich schon denken konnte, wo das Geld herkam, verlangte er für eine Weile nichts, denn man musste vorsichtig sein bei solchen Dingen. Man durfte nicht zu gierig sein, die Quelle war angezapft, aber rinnen musste sie langsam, sonst schöpfte rasch einer Verdacht und so eine Ausgeschlafene wie die Steffi schon gar und Bezahlung konnte auch anders funktionieren.

Eines Tages, sagt Carmen, wollte der Rutschka mich anfassen mit seinen großen, groben Händen. Er befahl mich in den Wald. Samstag, halb vier, Steinerfelsen. Ich ging hin. Musste ich doch.

Da packte er mich und dann streckte er mir seine grausliche Zunge in den Mund. Es war schrecklich, sagt Carmen, genauso schrecklich wie das Erwachen in einem nassen Bett, genauso schrecklich wie das Zittern und Winseln vom Hammerer-Karl vor der weißen Pisse.

Sie habe davonlaufen wollen, sagt Carmen, aber der Rutschka habe sie festgehalten, seine Hände seien wie Stahlseile gewesen. Sie habe sich an das Spalt-Schauen erinnert, an den weißen Hintern vom Hammerer-Karl, und dem Rutschka seine Hände seien wie Stahlseile gewesen.

Außerdem habe er gesagt, wenn sie nicht still sei und sich weiter so aufführe, dann wurde er zu Steffi gehen und ihr von den Diebstählen erzählen und dann werde man ja sehen, wem sie mehr glaube, ihr, der dahergelaufenen Kotze, oder ihm, dem Bankdirektorssohn!

Da wusste ich, sagt Carmen, dass ich nichts tun konnte, denn der Doktor Rutschka, der Bankdirektor, kam oft zu uns ins Wirtshaus. Er war ein ganz feiner Pinsel, einer in Anzug und Krawatte, einer in Steffis Kragenweite und sie scharwenzelte um ihn herum und hielt ihm ihren Busen unter die Nase und lächelte und der Herr Doktor Rutschka, wie es sich gehörte, lächelte zurück.

Da wusste ich, sagt Carmen, dass ich nichts tun konnte, aber rein gar nichts und darum konnte der Rutschka mein T-Shirt hochschieben und sich ganz fest an mich pressen. Aber ich bekam Angst, weil er schnaufte wie ein Pferd.

Zu allem Überfluss, sagt Carmen, langte der Rutschka dann auch noch in meine Unterhose und zwischen meine Beine und ich schrie, ich brüllte, denn es schmerzte wie die Hölle.

Dann, sagt Carmen, plärrte der Rutschka mich an. Ich solle mich nicht so anstellen, ich solle froh sein, dass er sich meiner erbarme, denn sonst wolle mich ohnehin keiner ficken und er tue es ja auch nur aus Mitleid.

Und dabei, sagt Carmen, presste er sich an mich und grub an mir herum, dass mir schlecht wurde, dass mir sauschlecht wurde, dass mir das halb verdaute Gulasch vom Mittagessen hochkam, dass ich kotzen musste und dann –

Ja –

Dann – hab ich einfach gekotzt.

Den ersten und größten Schwall, sagt Carmen, bekam der Rutschka ab und da schaute er, dass er schnell seine Hand aus mir und meiner Unterhose kriegte und sprang weg von mir und meiner Unterhose und fluchte und brüllte wie eine abgestochene Sau und es beutelte ihn vor lauter Ekel, aber das, sagt Carmen, habe ich ihm gegönnt, dem geilen Beutel, dem!

Dann rannte ich hinaus aus dem Wald und heim

und als ich durch den Gaststubenspalt schaute, sah ich den Doktor Rutschka und bei ihm meine Mutter. Sie tranken ein Achtel, sagt Carmen, und dass Steffi und der Doktor Rutschka sie gar nicht bemerkt hätten, weil sie so vertieft gewesen seien. Der Doktor Rutschka in Steffis Ausschnitt und Steffi ins Anbieten desselben.

Da, sagt Carmen, wusste ich, dass es Zeit war. Zum Abhauen.

Der Lebensstil der Frau Hammerer sei kein seriöser, sagte der Inspektor mit hochgezogenen Augenbrauen zum Kollegen Ferschner. Das höre man rundherum. Ob man nicht doch das Jugendamt einschalten solle?

Kollege Ferschner schüttelte resolut den Kopf. Auf Gerüchte gebe er grundsätzlich nichts und auf das Hammerer im Speziellen lasse er nichts kommen, das Essen dort sei vorzüglich, alles andere tangiere ihn nicht und man solle den braven Leuten doch nicht grundlos Schwierigkeiten machen.

Er rief im Wirtshaus an, fragte nach dem Ehepaar Hammerer und teilte mit, dass sie in den Feldern ein Mädchen gefunden hätten, dass es sich dabei um ihre Tochter handele und dass man sie abholen könne. Ob jemand käme.

Ja, sagten die Hammerer, grundsätzlich schon, aber es sei nicht ganz einfach, sie hätten ein Totenmahl und da sei so rasch keiner abkömmlich und jetzt wüssten sie ja, wo das *Mensch* sei und da, wo es sei, könne ihm ja am allerwenigsten geschehen. Also in zwei bis drei Stunden, wenn's recht sei.

Da zog auch Kollege Ferschner die Augenbrauen hoch und der Inspektor setzte sich zu Carmen und unterhielt sich ein wenig mit ihr, aber das war schwierig, weil sie den Mund so gut wie gar nicht öffnete.

Hammerer, sagte Steffi, als sie schließlich hereinrauschte aufs Revier, Hammerer Stefanie, und warf einen Blick auf Carmen, die auf der Bank saß wie ein Häuflein Elend und an ihren Fingernägeln zupfte.

Ja, sagte sie, das ist das *Mensch*, mein *Mensch*. Ich nehm's mit. Danke, dass Sie's gefunden haben. Was kriegen Sie denn dafür?

Der Inspektor zog die Augenbrauen noch ein wenig höher und sagte: NICHTS! Nichts kriegen wir dafür. Aber hat das *Mensch* auch einen Namen?

Steffi schaute ihn überrascht an und beugte sich ihm über den Tresen zu, sodass er das Fluidum ihres Mordsausschnittes spüren musste.

Ja, sagte sie, natürlich hat's einen Namen, das *Mensch*. Was glauben Sie denn?

Dann lächelte sie so hinreißend, dass Kollege Ferschner mordsmäßig hingerissen und der Inspektor zumindest angetan war, winkte das *Mensch* zu sich heran und verließ mit ihm das Revier.

Ich war blöd, sagt Carmen, so blöd. Ich raste zum Bahnhof, nachdem ich den Doktor Rutschka in Steffis Ausschnitt hatte verschwinden sehen, ich raste zum Bahnhof und zum Schalter und sagte: Eine Fahrkarte.

Aber der hinter der Glasscheibe schaute mich blöd an und fragte: Wohin, und da wusste ich es nicht und hatte Mattscheibe im Hirn und Rasen im Schädel und drehte mich um und haute ab, hinaus aus dem Bahnhof und die Straße entlang bis hinaus in die Felder.

Ich ging bis zum Müdewerden, bis zum Umfallen und dann, sagt Carmen, fiel ich um und im Einschlafen schoss mir ein, dass ich keinen Groschen Geld bei mir hatte und dass, wenn mich einer überfiele, er blöd schauen würde, weil bei mir nichts zu holen wäre.

Dann schlief ich, sagt Carmen, ich weiß nicht wie lang, aber plötzlich hörte ich Stimmen und da sprang ich auf und glaubte, der Rutschka-Ferry wäre es, der hätte mich gefunden und der brächte mich jetzt um.

Aber, sagt Carmen, es war nicht der Rutschka, Gott sei Dank war es nicht der Rutschka.

Es waren zwei Polizisten, der eine dünn, der andere dick, sie beäugten Carmen und hielten sie fest und fragten, wer sie sei, aber sie schwieg, weil sie glaubte, sie würden sie ins Gefängnis stecken, denn wahrscheinlich war es verboten, in fremden Feldern zu schlafen.

Der Dünne lächelte sie an und sagte, dass sie keine Angst haben müsse, dass jemand bei ihnen angerufen habe, mitten in den Feldern liege ein Mädchen, das da nichts verloren habe, und dieses Mädchen sei sie und darum nähmen sie sie jetzt mit.

Auf dem Revier sagte sie endlich ihren Namen und da riefen sie Steffi an und Steffi sagte, dass sie in zwei bis drei Stunden kommen würde, zuerst aber hätten sie noch das Totenmahl und der Kühlraum sei voll mit den Torten und morgen hätten sie wieder eine große Feierlichkeit und wenn da nicht alles fertig werde und wunderschön angerichtet zum Verzehr, dann hätte sie, Steffi, Zeit ihres Lebens keine Ruhe mehr, denn dann wäre *Zeit-ihres-Lebens* sehr, sehr kurz und darum und überhaupt und sowieso und Carmen dachte: Na gut, dann hab ich jetzt noch drei Stunden Ruh.

Der Dünne lächelte wieder und fragte, ob sie Angst habe und dass sie's ihm sagen könne und vielleicht könne er ihr helfen, aber Carmen schüttelte den Kopf und meinte, nein, dass sie keine Angst habe und dass sie gar nicht wisse, vor wem sie Angst haben sollte, wirklich nicht, und dass er sich keine Sorgen zu machen brauche und dann sagte sie nichts mehr, weil er ihr auf den Wecker ging.

Außerdem war ihr klar, dass, wenn sie etwas gelernt hatte in ihrem Leben, es die Erkenntnis war, dass keiner helfen konnte, dass man sich selber helfen musste, und wenn man das nicht konnte, dann hatte man im Leben nichts verloren, dann hatte man im Leben nichts zu tun.

Also saß Carmen drei Stunden auf der harten Holzbank am Revier und ignorierte den Lächler und den Dicken sowieso und würgte ihre Angst hinunter vor dem Rutschka, dass sie fast wieder kotzen musste, aber dann war sie unten, die Angst, und Carmen wusste auf einmal, was ihre beste Waffe war: Ein bisschen Würgen und sie konnte kotzen, konnte die Welt an- und auskotzen oder zumindest den Rutschka-Ferry oder den Hammerer-Karl und die ließen sie dann in Ruh, denn eine, die kotzen konnte auf Befehl, die ließ man in Ruh, denn das war ekelhaft und gefährlich.

Ich muss das trainieren, dachte sie, dieses Kotzen auf Befehl, dieses Kotzen auf die Sekunde, und dann kam ihr der Zirkus in den Sinn, der vor zwei Wochen durchgezogen war und sie fragte sich, ob sie ihm hinterher sollte, um sich anheuern zu lassen als Attraktion, als Kotz-Attraktion, als eine sich selbst befehlende Kotz-Attraktion.

Aber das dachte sie nicht mehr zu Ende, denn da kam Steffi hereingerauscht und es war wie immer.

Obwohl, fand Carmen, der Dünne sich anfangs gut hielt, der Dünne gab anfangs Contra, aber dann, fand Carmen, war's auch für ihn vorbei. Auch Polizisten waren ja nur Kerle.

Meine Mutter, sagt Carmen, kann mit den Männern wahnsinnig gut umgehen. Wenn sie will, machen die Männer alles, was sie will und spätestens, wenn sie einem ihren Busen anbietet, ist der dahin. Da gibt es nichts, aber gar nichts, da fährt der Zug drüber.

Die Steffi und ihr Busen, sagt Carmen, sind das perfekteste Gespann, was die Männerfängerei betrifft, und wenn sie dann noch lächelt, wird der kälteste Ofen heiß!

Ja, sagt Carmen, ich bin schon ein wenig stolz darauf, denn das kann nicht jede und mit ihren gut vierzig ist sie immer noch der heißeste Feger ringsum und das soll ihr einmal eine nachmachen. Sie selbst werde das bestimmt nicht schaffen. Aber nie!

Das mit Steffi und dem Doktor Rutschka wuchs sich zu einer Liebelei aus, die sich gewaschen hatte und die Erkenntnis, dass er ewig Zweiter sein würde, sollte den Hammerer das Leben kosten und dieser kausale Zusammenhang würde niemandem verborgen bleiben.

Neuerdings hatte Steffi ein Handy, aber nur der Doktor Rutschka kannte die Nummer, und sobald es läutete, setzte sich Steffi in Bewegung und schaute, dass sie in die Bank kam, unbemerkt und ungesehen auf einem Umweg und in ein Extrazimmer, das niemand kannte, nur der Doktor Rutschka, seine Sekretärin und die Doktor Rutschka'sche Ehefrau.

Der Doktor Rutschka nämlich gab das Extrazimmer als sein Refugium aus und seiner Ehefrau hatte er es gezeigt, damit es unverdächtig war, damit sie glauben konnte, dass er hier sein müdes Haupt bettete, so er eben müde war und so ihm alles zu viel wurde in der Bank, mit den Geschäften und dem vielen Geld und er es nicht mehr nach Hause schaffte zu ihr, der liebend wartenden Ehefrau.

Aber in diesem Refugium legte kein müder Mann sein müdes Haupt nieder, in diesem Refugium ging die Post ab. Geld machte den Doktor Rutschka nämlich nicht müde, Geld machte den Doktor Rutschka hellwach und messerscharf. Also legte in diesem Refugium ein geiler Mann sein geiles Haupt gar nicht nieder, sondern in Steffis Schoß, der sich neue Welten erschlossen, die ansprang wie eine Ducati 916 BP, ein wildes Gefährt, ein wildes Geschoss in der Zielgerade kurz vorm Ankommen.

Jeden Sonntag ging Familie Rutschka spazieren. Hand in Hand marschierte der Doktor Rutschka mit seiner Ehefrau durch die weiten Donauauen, vor ihnen her spazierte der Rutschka-Ferry, nie zu weit weg, immer brav bei Fuß, und Carmen stellte sich vor, dass sie ihm eine Leine um den Hals gelegt hatten, eine unsichtbare, zum Gassi-Gehen.

Immer endete der Spaziergang im Wirtshaus beim Hammerer. Sobald sie kamen, verdrückte sich Carmen, denn obwohl sie für den Rutschka-Ferry gestorben war seit der Sache mit dem Kotzen, obwohl er sie in Ruhe ließ und sie auch geldmäßig nicht mehr ausnahm, war er ihr doch unheimlich geblieben und also mied sie seine Nähe.

Der Doktor Rutschka tat immer so, als ob er mit dem Hammerer dick befreundet wäre, er redete sehr vertraulich mit ihm und bat ihn, sich zu ihnen zu setzen zu Kaffee und Sacher, und da saß der Hammerer dann und ließ sich auch einen Kaffee bringen und sie redeten über das Wetter, das verfluchte, und die Schulden, die leidigen, und verstanden sich recht gut.

Der Doktor Rutschka lobte die Sacher, also wirklich, Frau Hammerer, die ist Ihnen wieder so saftig geraten, so saftig, also Karl, deine Frau, wirklich, Gratulation!

Frau Rutschka zog ein wenig die Brauen hoch und griff sich zaghaft in die dauergewellten Wallehaare, wenn die Gratulationen etwas zu saftig gerieten, lobte dann aber artig den Kaffee und die netten neuen Vorhänge an den Fenstern, die Steffi endlich gekauft und aufgehängt hatte, nachdem die alten vor Dreck und Rauch fast schon von selbst zerfallen waren. Im Großen und Ganzen waren es nette Sonntagnachmittage, man wähnte sich in Sicherheit und halbwegs im Frieden.

Doch der Frieden trog.

Wenn du mich anrührst, kotze ich, sagte Carmen mit fester Stimme und verspreizte sich in ihrem Bett. Wärm dich nicht mehr an mir, sagte Carmen, such dir eine andere Wärmflasche, sonst –

Den Hammerer jedoch hatte ein Gelüst überkommen und dem wollte er nachgeben, jetzt, auf der Stelle. Aber Carmen, sagte er, ich tu dir doch nichts. Alles, was ich will, ist ein bisschen Wärme. Das bist du mir schuldig.

Nein, sagte Carmen, ich bin dir nichts schuldig.

Das werden wir ja sehen, sagte der Hammerer, das werden wir sehen.

Komm nicht näher, sagte Carmen und begann zu würgen. Komm nicht näher.

Aber der Hammerer kam auf sie zu mit erhobener Hand. Und Carmen sprang ihm entgegen.

Er hat mir nicht geglaubt, sagt Carmen, aber natürlich kotzte ich ihn an, im Sprung, mit Schwung und voll ins Gesicht und dann schrie er, was heißt schrie, er brüllte und bloß gut, dass keine Gäste da waren, sonst hätten sie uns die Polizei auf den Hals gehetzt.

Dann, sagt Carmen, als er mit dem Brüllen fertig war, verdrosch er mich. Dass ich die Engel singen hörte. Dass ich noch einmal kotzen musste, ganz ohne Würgen. Dass ich ein einziger blauer Fleck war.

Aber was dich nicht umbringt, sagt Carmen und zuckt die Schultern. Was dich nicht umbringt –

Eines Sonntags ergab es sich, dass der Hammerer krank im Bett lag, eine Grippe hatte ihn geschwächt, es war Herbst, Donaunebel zog um die Häuser und brachte das Licht spät. Der Arzt war da gewesen und hatte Schonung und Bettruhe verordnet. Der Hammerer sei schließlich nicht mehr der Jüngste und Steffi solle auf ihn schauen, wenn sie noch länger etwas von ihm haben wolle.

Steffi wurde rot und nickte und ging in die Küche Kamillentee kochen. Dann kamen die Rutschka und hatten Verwandtschaft mitgebracht. Sie setzten sich ans Fenster an den Tisch, an dem freitags der Knollmann saß, die Nebelsuppe stand dicht am Haus und die Laternen machten ein verschwommenes, milchiges Licht.

In ihrem Zimmer stand Carmen am Fenster und starrte hinaus in den trüben Nachmittag, der sich schon wieder hineinwuchs in die Nacht.

Gerade waren die Rutschka gekommen, das unselige Pack, waren ins Wirtshaus hinein und saßen nun wohl am Knollmann-Tisch, sacherfressend und kaffeesaufend.

Knappe zwei Stunden würden sie bleiben und später würde Steffis Handy klingeln und sie würde abdampfen, um, wie sie sagte, eine Freundin zu besuchen. In zwei Stunden wäre sie wieder da und im Wirtshaus sei ohnehin nicht viel los.

Aber Steffi hatte keine Freundin und einmal hatte Carmen mit verstellter Stimme beim Doktor Rutschka angerufen und nach ihm gefragt und Frau Rutschka, dauergewellt und hilflos, hatte gemeint, dass ihr Mann, der Doktor Rutschka, noch auf zwei Stunden in die Bank sei, er habe so viel zu tun, dass er eben auch sonntags –, ob sie etwas ausrichten könne.

Da hatte Carmen aber schon aufgelegt und die Rutschka starrte den Hörer an, marschierte dann in die Garage, fuhr zur Bank und schaute hoch zum Fenster des Refugiums, aber da waren die Rollos geschlossen, dicht, nicht die Spur eines Schattens verratend.

Die Rutschka schluckte und wendete den Wagen und hatte plötzlich ein Mädchen vor sich auf einem Fahrrad, das erschrocken in die Pedale trat, als es vom Lichtkegel der Scheinwerfer ergriffen wurde. Nicht weniger erschrocken sprang die Rutschka auf die Bremsen, würgte den Wagen ab, riss die Tür auf und schrie: Carmen!, denn sie hätte schwören können, dass es Carmen war, die sie eben gesehen hatte, die dicke Carmen von der Frau Hammerer und plötzlich wusste sie auch ganz klar, wer sie angerufen hatte und mit noch deutlicherer Klarheit wusste sie, wer sich hinter dem blickdichten, schattenlosen Rollo befand, vögelnd, was das Zeug hielt.

Nach einer Viertelstunde war die Rutschka nach Hause gefahren, legte sich schlafen und begegnete am nächsten Morgen freundlich ihrem Mann, so wie sie es immer tat und immer tun würde, denn was war sie denn gewesen, ehe der Doktor Rutschka ihrer ansichtig geworden war, ein kleines Würstchen in seiner Bank, ein unscheinbares Würmchen am Schalter, dass er sie überhaupt bemerkt hatte, war unbegreiflich für sie und dass er sich jetzt andere Kaliber suchte, wer sollte es ihm verdenken?

Er respektiere sie, hatte der Doktor Rutschka eines Tages zu ihr gesagt. Ich respektiere dich, Ilse. Jedoch sei sie nicht das, was ein Mann seines Wesens fürs Bett brauche, aber er respektiere sie. Ich respektiere dich, Ilse.

Die Rutschka war über eine gewisse Ablenkung ihres Mannes nicht unfroh, auch nicht über die Beruhigung der ehelichen Aktivitäten, hatte sie doch genug zu tun mit dem Ferry, der Kröte.

Der Rutschka war es auch nicht peinlich, jeden Sonntag mit zum Hammerer zu gehen. Der Kaffee schmeckte ihr wirklich und sie lobte ihn gern, nur die Sacher war ihr zu üppig, sie aß lieber einen Apfelstrudel, den allerdings mit Schlag.

Ich weiß noch genau, sagt Carmen, wie der Doktor Rutschka das erste Mal zu uns ins Wirtshaus kam und dass meine Mutter sofort von der Liebe gestreift wurde und dass es am Anfang wirklich nur ein Streifer war, aber dass sie, Carmen, sofort gewusst habe, das werde sich auswachsen zu einer Tragödie.

Es war, sagt Carmen, ein Montag und ein Totenmahl war angesagt und in der Nacht hatte Steffi kochen müssen und darum gab es die wundersamsten Sachen, bloß für ein Totenmahl passten sie nicht.

Trotzdem mussten sie verkauft werden, sagt Carmen, und dass die Leute vom Friedhof kamen, schwarz und grau, und den Fischauflauf bestaunten und die gefüllte Kalbsbrust an eingelegten sauren Gurken.

Steffi, sagt Carmen, war mittlerweile sehr fantasievoll beim nächtlichen Kochen, ihre Tränen die köstlichste Würze und jedes Mal schmolzen die Gäste vor Staunen und Hingerissenheit ob der BESONDEREN *Speisen, die sich ihnen boten.*

So auch diesmal. Sie aßen staunend und waren beglückt und schworen bei Gott und allen Heiligen, erneut in dieser etwas heruntergekommenen, aber sehr atmosphärischen Spelunke einzukehren, vielleicht nicht unbedingt zu einer Totenfeier, aber grundsätzlich.

So auch der Doktor Rutschka.

Er war Trauergast, der Verstorbene war ein guter Kunde seiner Bank gewesen und aus diesem Grunde hatte er es als selbstverständlich erachtet, ihm die letzte Ehre zu erweisen.

Staunend hatte er sich niedergelassen und etwas zweifelnd von der Kalbsbrust gekostet, die ihm in Kombination mit den sauren Gurken etwas gewagt erschien. Die unmittelbare Köstlichkeit der Speise jedoch fuhr ihm ins Blut wie schwerer Wein, er winkte Carmen heran, die beim Servieren helfen musste, und fragte, wer das gekocht habe.

Carmen bekam einen verächtlichen Blick, deutete zum Fenster hinaus und sagte: DIE.

Dass er sich sofort umgewandt habe, sagt Carmen.

Dass er aus dem Fenster gestarrt habe, dass er gesehen habe, wie Steffi eine Tasche in ihr Auto packte, dass er auf der Stelle hinaus sei aus der Gaststube, hinaus aus dem Wirtshaus, hinaus auf den Parkplatz.

Dann, sagt Carmen, geschah etwas ganz Merkwürdiges und dass man ihr unbedingt glauben müsse und dass sie auf alles schwöre, was ihr heilig sei, und dass sie sich selbst gefragt habe, ob sie spinne, aber eigentlich glaube sie das nicht.

Auf jeden Fall, sagt Carmen, habe sie plötzlich alles in Zeitlupe gesehen. Plötzlich war alles, alles in Zeitlupe und dass dies wahrscheinlich von dem Streifer verursacht worden war, der Steffi erwischt hatte und offensichtlich den Doktor Rutschka auch.

Meine Mutter, sagt Carmen, meine Mutter war so schön wie nie, als sie sich umdrehte und aufrichtete vor der offenen Autotür. Ihr Mund war leicht geöffnet, ihre Lippen eine perfekt geformte Ansammlung roter Zellen, ihre Zähne leuchteten schneeweiß, ihr Haar war eine Spirale aus Gold und Honig und ihre Traurigkeit umwob sie wie ein dunkler Mantel.

Dann, sagt Carmen, ging er hin zu ihr und es hatte ihn mindestens so erwischt wie sie und er strich ihr über den Arm und plötzlich sah sie aus wie elektrisch.

Und ich schwöre, sagt Carmen, ich schwöre bei allen guten Geistern, alles war in Zeitlupe, und sie setzten sich in ihre Autos und krochen davon und wahrscheinlich brachte er sie gleich in sein Refugium und alles lief in Richtung Katastrophe.

Eines Sonntags also hatte es sich ergeben, dass der Hammerer krank im Bett lag, geschwächt, wie gesagt, durch die Grippe, es war Herbst, Donaunebel zog um die Häuser und brachte das Licht spät. Der

Arzt war schon lange fort, da kamen die Rutschka und ihre Verwandtschaft und ließen es in der Gaststube hoch hergehen.

Im oberen Stock legte sich Carmen missmutig nieder, schlief ein und träumte von Juli und Klara. Carmen lächelte im Schlaf und wünschte sich, für immer in diesem Traum bei Juli und Klara zu bleiben, und es war schon so lange her, dass es sie nicht mehr gab, nur im Traum, nur noch im Traum gab es sie. Aber die Tragödie war im Anmarsch und musste absolviert werden und weil Carmen Teil davon war, würde sie sie nicht verschlafen dürfen und verträumen.

Zwei Zimmer weiter schnarchte der Hammerer, Steffis Kamillentee hatte ihn schläfrig gemacht, außerdem fieberte er noch leicht.

Unten in der Gaststube war es voll wie lange nicht. Der trübe Tag hatte die Leute hinausgetrieben aus ihren Häusern und Wohnungen, in Gesellschaft wollte man sich wiederfinden, unter Gleichgesinnten, um sich der Mühsal des Novembers nicht ergeben zu müssen. Gegen Abend wurde es endlich leichter, Steffi schickte die Aushilfe heim, denn Überstunden kosteten viel und man hatte das Geld nicht zum Aus-dem-Fenster-Schmeißen, die alte Vettel und sie würden es schon alleine schaffen und notfalls musste das *Mensch* her, dem ging es ohnehin zu gut, verschlief den ganzen Nachmittag oder vertrieb ihn sonstwie. Fünf Tische waren noch voll, auch die Rutschka und ihre Verwandtschaft saßen noch und dem Doktor Rutschka stand der *Seufer* nach Steffi um den Mund, aber nur Steffi konnte das sehen.

Sie überlegte, ob heute noch Zeit bleiben würde fürs Refugium und wie hilfreich es wäre, wenn der Hammerer sich endlich zusammenrisse und dass sie ihm vielleicht eine Flasche Schnaps bringen solle, damit er schneller gesunde.

Sie ging auf die Tür zu, die hinaus auf den Gang führte, um nach dem *Mensch* zu schreien, und als sie knapp am Tisch der Rutschka und ihrer Verwandtschaft vorbei war, hörte sie, wie der Doktor Rutschka sagte, er müsse mal für große Jungs und es könne dauern, denn er fühle sich ein wenig aufgebläht und was die Frau Hammerer wohl diesmal in den Sacherteig gemischt habe. Na, Frau Hammerer, was haben Sie denn in den Teig gemischt?

Er lachte und Steffi lachte auch und gemeinsam traten sie hinaus auf den dunklen Gang, der zur Küche und zu den Toiletten und in den oberen Stock führte.

Kaum fiel die Tür hinter ihnen ins Schloss, riss der Doktor Rutschka Steffi zu sich heran, dass ihr der Atem aussetzte vor so viel Gewalt.

Dass er jetzt auf der Stelle wolle, meinte er mit heiserer Stimme, und dass er jetzt auf der Stelle müsse, sonst zerfetze ihm sein bestes Stück, denn sie, Steffi, sei das Geilste, was ihm je untergekommen sei, wenn sie so herumscharwenzele zwischen den Tischen in der Gaststube mit ihrem Superarsch und ihren Supertitten und ob sie denn nicht merke, dass sein Superschwanz stramm stehe wie ein Soldat vorm Schießbefehl und wenn er, der Doktor Rutschka, jetzt nicht schnellstens schießen könne, dann, wie gesagt, zerfetze es ihm Besagten und ob sie das verantworten wolle und ob sie das verantworten könne, und zwischendurch steckte er ihr seine Zunge in den Hals und nagte an ihrer Lippe.

Nein, natürlich wollte Steffi das nicht verantworten, zwar äußerte sie, als sie wieder in der Lage dazu war, Bedenken, was, wenn jemand käme, was, wenn jemand etwas bemerkte, der Hammerer liege oben und die Rutschka sitze drinnen, aber der Doktor Rutschka ließ das nicht gelten.

Der Doktor Rutschka drängte die Steffi hinein in die Küche und von da in den hinteren Vorratsraum, in den nie jemand kam, weil er ein finsteres Loch war, in dem ohnehin kaum mehr etwas gelagert wurde.

Es war saukalt und saudreckig, aber das bemerkten sie nicht, weil sie eine Nummer hinlegten in einem Tempo, das sich gewaschen hatte.

Er ließ die Hose hinunter und gab ein befreites Seufzen von sich, sie schob den Rock hinauf. Er lehnte sich breitbeinig, so weit seine hinuntergeschobene Hose dies zuließ, an die Wand, sie lächelte und tat ihm gut und zehn Minuten später fand sie der Hammerer.

Der Doktor Rutschka hatte die Hose immer noch unten und Steffi den Rock oben, er hielt ihre Arschbacken umklammert und sie seinen Rücken und dem Hammerer gab es einen Stich im Herzen und am ganzen Körper und er fiel um wie ein Sack und begann sein Leben auszuröcheln.

Rasch klopfte der Doktor Rutschka Steffi von sich herunter, er versuchte ein paar Schritte hin zum Hammerer und fiel über die Hosenbeine, die sich in ihrer unangebrachten Position unangebracht gebärdeten und fiel der Länge nach hin und knallte sich die Nase blutig und verlor für Sekunden die Besinnung.

Steffi reagierte nicht ganz so kopflos, sie brachte sich und ihre derangierte Gestalt schleunigst in Ordnung, stürzte dann auf den Hammerer zu, beugte sich über ihn und ächzte entsetzt: Karl! Um Gottes willen!

Der Hammerer hörte sie noch, er sah sie auch und dann gellte sein Schrei durchs Wirtshaus und in die Gaststube und in den oberen Stock und in alle Poren und Ritzen und durch den Nebel hinaus auf die Donau. Sie hörten ihn alle gleichzeitig und sie stürmten alle gleichzeitig los, die alte Vettel, Carmen, Frau Rutschka und der Rutschka-Ferry, und sie kamen alle ziemlich gleichzeitig an.

Wir kamen alle ziemlich gleichzeitig an, sagt Carmen, die alte Vettel, die Rutschka, ihr nichtsnutziger Sohn und ich.

Wir hatten alle den Schrei gehört, der durch Mark und Bein ging und stürmten los, Richtung Küche, Richtung hintere Vorratskammer, dahin, wo der Schrei eben herkam.

Das Erste, was ich sah, sagt Carmen, war dem Doktor Rutschka sein Arsch, denn obwohl wir alle ziemlich gleichzeitig ankamen, war ich doch die Letzte, ich musste ja über die Stiegen hinunter, sagt Carmen, und dass die anderen sich gleich um den Hammerer und die Steffi geschart hätten und dass ihr also vorerst nur der Arsch vom Doktor Rutschka ins Auge gestochen sei und dass sie ein wenig verächtlich gedacht habe, dass so ein nackter Rutschka-Arsch sich von einem nackten Hammerer-Arsch nicht wesentlich unterscheide.

Der Doktor Rutschka, sagt Carmen, bemerkte, dass ich ihn anstarrte, er rappelte sich hoch und da erst sah ich seine angeschlagene Nase und das blutüberströmte Gesicht und er zischte, was es zu gaffen gebe und ob ich noch nie einen nackten Arsch gesehen hätte. Dann sah ich meine Mutter auf den Knien vor dem Hammerer, der totenbleich war, und sie stammelte: Einen Arzt! Wir brauchen einen Arzt! Holt doch einen Arzt!

Aber, sagt Carmen, es rührte sich keiner, alle waren starr, weil sie die Situation erkannten, dass die gevögelt hatten in der saudreckigen Vorratskammer und der Hammerer sie dabei erwischt hatte. Vielleicht hatte er sich aus der Küche noch einen Tee holen wollen und da hatte er wohl Geräusche gehört aus der Kammer und in seinem Fieberwahn musste er geglaubt haben, Einbrecher seien am Werk und darum hatte er sich das Beil gegriffen, das in der Küche bereit lag für die Sau, die sie am nächsten Tag geliefert bekommen sollten, und war hocherhobenen Armes in die Kammer gestürmt.

Das Beil lag neben ihm, sagt Carmen, es blinkte sauber und scharf und der Doktor Rutschka zwängte sich in seine Hose, wischte sich notdürftig das Gesicht mit einem Küchentuch, kniete sich souverän neben Steffi und sagte mit einem Anflug von Bedauern in der Stimme: Der ist hinüber. Der hat's überstanden. Steffi, mein Beileid!

Steffi starrte die Männer an, abwechselnd, den toten und den lebenden, und da fiel mir, sagt Carmen, erst auf, dass ihre Strumpfhose zerrissen war und sie am linken Brustansatz einen Knutschfleck hatte und ihre Wimperntusche ausgelaufen war, in die Krähenfüße rund um ihre Augen hinein.

Plötzlich sah sie alt aus, sagt Carmen, uralt, und dass sie, Carmen, sich gedacht habe, ihre, Steffis, Höhe-

punkte seien wohl vorbei. Und die vom Doktor Rutschka auch. Und die vom Hammerer sowieso.

Aber keiner von denen hat mir leidgetan, sagt Carmen. Keiner von denen.

Kollege Ferschner staunte nicht schlecht, als die Nachricht hereinkam von einem gewissen Dorfmeister Andreas, im Wirtshaus Hammerer habe es einen Toten gegeben und es sei der Wirt selbst.

Was er, der Herr Dorfmeister, damit zu tun habe, fragte Kollege Ferschner.

Er sei Gast im Wirtshaus gewesen, sagte Dorfmeister, und es gehe drunter und drüber, zwar sei ein Arzt anwesend, der den Tod schon festgestellt habe, aber wenn man, so wie er, Dorfmeister, es öfter tue, sich Krimis im Fernsehen anschaue, dann sei man doch sensibel für Befremdliches, hellhörig für Ungewöhnliches – und ungewöhnlich und befremdlich sei der Tod, dem er eben beigewohnt habe, allemal gewesen und dass deshalb die Polizei dringend vonnöten wäre und dass deshalb endlich jemand hinfahren solle.

Gleich, beruhigte Kollege Ferschner, gleich, und war mit seinem Schicksal ganz zufrieden, denn endlich passierte etwas, das diesem langweiligen Tag eine Wendung gab, obendrein war die Hammerer eine schöne und nuttige Person, der man gerne vor die Augen trat. Rasch schickte er nach dem Inspektor, denn der sollte auch etwas davon haben und außerdem erfüllte man eine heikle Mission besser zu zweit.

Im Wirtshaus staunte man nicht schlecht, als der Inspektor und Kollege Ferschner auftauchten, ihre Uniformkappen lüfteten und fragten, was los sei im Wirtshaus, man habe einen Toten gemeldet und der Umstand dieses Todes sei angeblich ein merkwürdiger und werfe Grund zu Fragen auf.

Nichts ist merkwürdig, gar nichts, sagte der Doktor Rutschka unwirsch, während der Arzt sich um seine Nase bemühte und ihm eine Einweisung ins Krankenhaus schrieb, denn wahrscheinlich habe er eine Gehirnerschütterung davongetragen und das solle er nicht auf die leichte Schulter nehmen.

Der Inspektor und Kollege Ferschner staunten immer mehr, denn dass der Bankdirektor auch in die Sache involviert war, hatten sie noch nicht gewusst.

Nun, die Einschätzung der Lage überlassen Sie ruhig uns, sagte der Inspektor gelassen und konnte sich eines kleinen innerlichen Amüsements nicht erwehren.

Aber natürlich überlasse ich die Einschätzung der Lage Ihrer geschätzten Einschätzung, sagte der Doktor Rutschka übertrieben ironisch, aber vielleicht hat da jemand einfach zu viele *Tatorte* gesehen.

Er grinste, warf einen Blick in die Runde und auf den Toten und plötzlich erfasste ihn ein langsames Zittern und er begann zu erkennen in zarter Allmählichkeit, dass seine Position von nun an eine geschwächte war, denn der Anblick, den er geboten hatte nach dem Coitus interruptus, lahmgelegt auf dem Boden, mit weiß glänzendem Hinterteil und blutrotem Gesicht, würde seiner Reputation, so die Informationen an die Öffentlichkeit drangen, einen gewaltigen Abbruch tun. Und dass die Informationen an die Öffentlichkeit drangen, dafür war bereits gesorgt, denn die alte Vettel war unterwegs zu ihren Schwestern und somit war gewiss, dass spätestens morgen alle wissen würden, dass Steffi, die schamlose Person, es getrieben hatte mit dem Bankdirektor, dem geilen Bock, was den Hammerer, den armen Kerl, umgebracht hatte.

So gesehen war es ganz gut, dass der Inspektor und sein Kollege gekommen waren und den Sachverhalt wahrheitsgemäß protokollieren würden, so konnte man richtigstellen, was andere falsch darstellen würden. Was aber war richtig? Und was falsch?

Es war ein Unglück, sagte Steffi und sehnte sich nach ihrer Küche, aber da lag der Hammerer, noch warm und rosig, denn es waren ja keine zwei Stunden vergangen und sie hatten ihn herausgetragen aus der Kammer, denn im Dreck konnte man ihn schlecht liegen lassen.

Er hatte es mit dem Herzen, seit ich ihn kenne, sagte Steffi und starrte in die Dunkelheit vor dem Wirtshausfenster.

Ja, bestätigte der Arzt, ja, Herr Inspektor, so ist es gewesen. Herzstillstand. Minutentod. Schön eigentlich. So einen sollten wir uns alle wünschen.

Gut, sagte der Inspektor, dann hat ja alles seine Richtigkeit. Unser Beileid, Frau Hammerer. Wenn Sie bei Gelegenheit bei uns vorbeischauen fürs Protokoll.

Sie salutierten und gingen und hielten den Leichenbestattern, die den Hammerer holen sollten, die Tür auf.

Gott sei Dank, dachte Steffi, als sie ihn eingesargt hatten und ins Auto luden, Gott sei Dank, meine Küche ist wieder frei.

Die Gaststube hatte sich fast geleert, außer Carmen und Steffi war nur noch das Ehepaar Rutschka anwesend. Sie standen einander abgewandt, zu groß war die Peinlichkeit, zu groß das Entsetzen.

Fahren wir, sagte schließlich der Doktor Rutschka, komm, Ilse, fahren wir!

Frau Rutschka nickte, ging zu Steffi, gab ihr die Hand und sagte: Mein Beileid! Und war grau und klein wie nie zuvor.

Danke, sagte Steffi und wartete, dass der Doktor Rutschka kommen und sie in seine Arme nehmen würde, denn seit er sie heruntergeklopft hatte von seinen Hüften, hatten sie einander nicht mehr berührt.

Aber der Doktor Rutschka nahm sie nicht in seine Arme. Der Doktor Rutschka ging vorsichtig an ihr vorbei und wollte hinaus bei der Tür, da fragte Steffi: Kommst du wieder? Herbert?

Herbert blieb stehen, drehte sich aber nicht um. Herbert schwieg und dann trat sie vor, seine Frau, Ilse. Und hatte ihren Auftritt. Einen großen.

Alles, was heute geschehen sei, sagte sie mit bebender Stimme, tue ihr sehr leid. Alles, was heute geschehen sei, sei wohl vom Schlimmsten, was einem geschehen könne, und sie wünsche dies bei Gott ihrem schlimmsten Feind nicht. Aber, sagte sie, falls sie, die Hammerer, jetzt glaube, das gebe ihr gewisse Rechte, ihren, nämlich der Rutschka ihren, Mann betreffend, dann habe sie, die Hammerer, sich schlicht und einfach geschnitten. Denn wenn sie glaube, sie habe ihn, den Doktor Rutschka, sich gezähmt, dann sei sie eine wirklich arme Haut. Sie, die Rutschka, wisse das allemal besser, sie wisse, was sie sich eingehandelt habe mit ihrem Mann und seiner ausgeprägten Virilität, es sei auch für ihn selber nicht wirklich ein Segen, nein, im Gegenteil, ein Getriebener sei er, ein von sich selbst Getriebener, und wo es ihn hintreibe, letztendlich, wer wisse das, wer könne das sagen, sie, die Rutschka, keinesfalls, und sie, die Hammerer, schon gar nicht. Punkt.

Herbert hatte zugehört, stumm wie ein Schatten, während das Zittern sich seiner mehr und mehr bemächtigte, und er ahnte plötzlich in allerklarster Hellsichtigkeit, dass der Tod des Hammerer-Karl auch ihn gefällt hatte. Als er Ilses Hand in seiner spürte, schloss er dankbar die Augen und ging mit und sie brachte ihn nach Hause und ins Bett und blieb bei ihm, bis er eingeschlafen war.

Bei Steffi blieb niemand. Bei Steffi ging's ans Kochen, als ob's ans Leben ginge und Carmen rannte aufs Klo zum Kotzen.

Zwei Tage vor dem Begräbnis ging Steffi zur ersten Frau in die Anstalt, um ihr zu sagen, dass der Karl jetzt nicht mehr komme.

Sie saß ihr gegenüber, der ersten Frau, die ein spinnenartiges Wesen geworden war, die ein Netz um sich gewoben hatte, über das sie nicht mehr hinauszublicken gewillt war.

Steffi verstand plötzlich, warum er sie besucht hatte in klarer Regelmäßigkeit, sie hatte ihm das Sterben vorgemacht und ihm die Angst genommen, er würde blau sein in der Bläue der Nacht und der Regen würde ihn zerstoßen zu allerfeinstem Staub.

Der Karl, sagte Steffi. Er kommt nicht mehr. Er ist tot.

Die Spinne blickte hoch und Steffi an und Steffi

wusste, die Spinne würde hundert werden und älter, ihr Herz würde halten, halten, halten, denn es war frei von Schmerz und frei von allem.

Einen Tag vor dem Begräbnis ging Steffi in die Bank und fragte nach dem Herbert, dem Doktor Rutschka, und er kam aus seinem Büro und hatte Zittern im Blick und bat sie in das Refugium und bestellte Kaffee und als sie den Kaffee hatten, schloss er die Tür und die Sekretärin wusste, dass man ihn nicht zu stören hatte.

Sie saßen schweigend und rührten den Kaffee nicht an und schließlich wagte der Doktor Rutschka zu fragen, was er für sie tun könne.

Nichts, sagte sie, nichts. Sie tue alles selbst für sich. Sie sei nur da, um ihn zu fragen, ob er sie denn nicht einfach sehen wolle. Sie nämlich wolle schon. Ihn sehen.

Wieder saßen sie schweigend, von der Straße drang Lärm durch die gekippten Fenster und Steffi ging hin, um hinauszuschauen. Die Stille in ihrem Rücken schien zu wachsen, doch endlich sprach er. Er sprach leise und langsam, mit Bangen und Zagen, aber er sprach.

Dass er sich freue, dass sie gekommen sei.

Dass er sich nach ihr verzehre, nach dem Fischauflauf und dem Apfelstrudel, nach den Spitzen ihrer Brüste und ihrer Halskuhle, die ihm immer so kühl und samtig begegnet sei.

Dass er sich geborgen gefühlt habe und behütet an ihrem Mund und an ihrer gefüllten Kalbsbrust an eingelegten sauren Gurken.

Dass besagte Kalbsbrust der Prolog gewesen sei für die saftigste und fruchtbarste Zeit seines Lebens.

Dass die knusprige Haut ihres Hähnchens eins a gewesen sei, ihre eigene Knusprigkeit jedoch nicht übertroffen habe.

Dass der Cappuccino unter ihren Händen zu Gold geworden sei und ihn an ihr Haar erinnert habe, Gold und Honig.

Dass er sein Lebtag keine Sacher mehr essen könne ohne den Duft und den Geschmack ihrer braunen, glatten Haut im Mund zu haben.

Dass er in ihrem Schoß die Ruhe gefunden habe, die er zeitlebens gesucht hatte, und dass es jetzt – – dass es jetzt – nicht mehr gehe. Einfach nicht mehr gehe.

Und so war es. Es war vorbei. Es war zu Ende.

Nicht nur, dass der Schwanz des Doktor Rutschka ihm nicht mehr gehorchte, nicht nur, dass das Herz des Doktor Rutschka geknickt war, der Hammerer mit seinem Schrei gellte im Raum, lauter und ungestümer, als er im Leben gewesen war.

Es war vorbei. Es war zu Ende und am nächsten Tag begrub Steffi den Hammerer und der Doktor Rutschka seine Hoffnung.

Die Zeit, die jetzt kam, war schwierig, sagt Carmen.

Der Knallmann kam immer noch jeden Freitag, seine Liebe war unerschütterlich, aber sonst –

Der Doktor Rutschka verschwand aus dem Stadtteil mitsamt seinem Balg, mitsamt seiner Frau, aber ich weinte ihnen keine Träne nach.

Man erzählte sich, sagt Carmen, dass die Mutterbank ihn zurück in ihren Schoß geholt habe, ein kleines Würstchen sei er wieder geworden, das hinter einem Schalter sitze. Man erzählte sich außerdem, sagt Carmen, dass sein Vorgesetzter ihm im Vertrauen gesagt habe, er könne grundsätzlich vögeln, wen er wolle, von ihm, dem Vorgesetzten, aus auch einen Elefanten, bloß halt nicht in der Öffentlichkeit.

Man erzählte sich viel, sagt Carmen, man durfte halt nicht drauf hören. Meine Mutter jedenfalls kochte und das war gut, denn wir brauchten Gäste, denn wir brauchten Geld, denn sie hatte nicht nur die zweite Hälfte des Wirtshauses geerbt, sondern auch die Schulden.

Also kochte sie und hatte für die Liebe fortan gar keine Zeit mehr, schon gar nicht für eine Liebe für mich, nur beim Kochen, hin und wieder, da fiel ein Bröselchen zu Boden, ein Bröselchen Aufmerksamkeit, ein Bröselchen über den Kopf streichen, ein Bröselchen Seufzen: Ach, Carmen, ach!

Denn, sagt Carmen, da war sie grundsätzlich voll davon, beim Kochen, voll von Liebe, da zerplatzte sie fast und darum musste sie's verkochen und ich hatte so wenig davon, so wenig, eine Ente, eine Blutwurst und mochte die doch gar nicht.

Interessant, sagte die Fersinger mit spitzen Augenbrauen und meinte Carmens Abwesenheitsliste und ihre letzte Schularbeit und all die anderen Noten, die sich übers Jahr nur spärlich angesammelt hatten. Interessant, sagte sie, und wenn sich da eine positive Note ausgehen solle oder grundsätzlich eine, müsse sie alle ihre Hühneraugen zusammendrücken und das ziemlich fest.

Dabei verzog sie das Gesicht und lachte schallend.

Und du, fragte sie dann, Kollege Knollmann, wie ist das bei dir? Musst du auch alle Hühneraugen zusammendrücken?

Nein, sagte der Knollmann und lachte nicht. So schlecht ist sie bei mir nicht mehr und seit der Rutschka-Ferry weg ist, hat sich ohnehin alles zum Besseren gewendet. Den hat sie, glaub ich, gar nicht mögen.

Naja, sagte die Fersinger indigniert, den hat ja keiner mögen.

Sie packte ihre Tasche zusammen und schlüpfte in ihre Jacke. Aber Ferrys Vater, sagte sie dann, während ein kleines, böses Lächeln ihren Mund umspielte, Ferrys Vater und du, ihr habt was gemeinsam, nicht wahr?

Der Knollmann würdigte sie keines Blickes, nahm seinen Rucksack und stapfte aus der Tür.

Mahlzeit!, rief sie. Und Grüße! Ganz leise hörte er ihr Kichern.

Er fuhr ins Wirtshaus, es war Freitag. Carmen bediente. Seit der Hammerer tot war, musste sie häufig mithelfen und oft gleich nach der Schule in der Gaststube servieren. Der Knollmann bestellte ein kleines Bier und dachte bei sich, dass sie ordentlich gewachsen war und an Gewicht verloren hatte und dabei war, ein annehmbar hübsches Mädchen zu werden.

Danke, Carmen, sagte er, als sie ihm das Glas hinstellte, und eine Blutwurst hätte ich gerne und grüß deine Mutter von mir.

Carmen lächelte und nickte und er sah die Züge ihrer Mutter in ihrem Gesicht. Eigentlich, dachte sie, ist er gar nicht so übel. Eigentlich, dachte sie, wäre er der Richtige für Steffi. Da könnte Ruhe einkehren und Ruhe und Ruhe und Ruhe.

Wenn die Sonne durch den Nebel griff und das Licht verwischte, musste ich immer an die Wohnung denken, sagt Carmen, die Juli-Wohnung und an das Licht und ob es noch war wie gewässerte Milch, wie verdünnte

Wandfarbe, und dann wünschte ich mich in dieses Licht und dass Juli käme und wieder hier lebte, aber ich wusste, es wäre ein Wunder.

Und dann, sagt Carmen, geschah das Wunder. Juli kam zurück und sie brachte ihren Bruder mit und ich weiß es noch wie heute, als sie plötzlich vor unserer Tür standen.

Es war in den großen Ferien zwischen vierzehn und fünfzehn, sagt Carmen. Ich hatte mich auf einen langweiligen Sommer eingestellt. Seit Juli fort war, waren alle Sommer langweilig, aber dann –

– dann war sie da und mit ihr Daniel, von dem ich immer nur sehr entfernt gehört hatte, der all die Jahre bei seinem Vater in den Staaten gelebt hatte. Sie zogen wieder in die Wohnung und wann immer ich wollte, konnte ich zu ihnen, dann tanzten wir im neuen Licht unseres neuen Lebens und malten uns aus, wie es sein würde in all seiner Pracht und Herrlichkeit und was alles zerdeppern würde und zerspringen, wenn es endlich fiele, dieses Leben.

Denn wir ahnten beide, Juli und ich, es würde fallen. Wir ahnten mit Gewissheit, wir hingen an seidenen Fäden, an Utopien, die sich nicht erfüllen würden, zerstieben würden, irgendwann, im Lauf unserer Zeit.

Wir waren gebrannte Kinder, Juli und ich. Das Feuer hielt uns und eines Tages –

Wie das halt war. Wie das halt immer gewesen war. Manchmal sprachen wir von Klara.

Bald fing diese Sache an. Dass Carmen Daniel liebte. Aber der merkte das nicht. Der war zwanzig, tat alles, aber eigentlich nichts, ging an die Uni, machte keine Prüfungen, jobbte in üblen Etablissements, warf Pillen ein und Wodka, sonnte sich im milchigen Licht der Wohnung und im düsteren seiner Seele.

Sie tanzten, sagt Carmen. Es war Wahnsinn. Sie waren wie Vögel, Zaubervögel, überirdisch und schön, und Daniel erinnerte mich an den Spanier mit dem langen schwarzen Haar und den Augen, die hatten keine Farbe mehr, die waren schwarz wie die Nacht draußen vor der Stadt und schwarz wie die Lederjacke, die Daniel trug, Nacht für Nacht, und die er niemals auszog.

Ich weiß nicht, sagt Carmen, wie man so schön sein kann. Vielleicht war es das Licht, das Licht vom Lichtzerstäuber, das Licht vom Lichtkreiser, das Licht vom Lichtmischer, das in der Disco leuchtete, Nacht für Nacht, strahlend, überirdisch.

Wenn ich ihnen beim Tanzen zuschaute, sagt Carmen, versank alles um mich, selbst die Musik fiel in eine Stille und nur die Bässe dröhnten den Takt und das Zaubrische und das überirdisch Schöne. Sie waren Wahnsinn, stundenlang hielten sie durch, waren schnell wie keiner, kannten Schritte, die kannte keiner, aber wenn sie sich zu mir setzten, morgens, endlich, da waren sie fahrig und leer, vom Sturm gefegte Wüste, dreißig Jahre Dürre.

Zaubervögel, sagt Carmen, immer noch Zaubervögel, aber durchsichtig, mit riesigen Augen, riesigen Pupillen.

Und froren, sagt Carmen, knirschten mit den Zähnen, konnten nicht stille sein – fiebrige Nachtgestalten, Überkickheroen.

Lass es schneien, meinte Daniel und lächelte und kam ihr ganz nah. Wirf dir was ein!

Das sei der Überkick, das, wonach sie immer gesucht habe. Gut werde es ihr gehen wie nie. Alles werde sie hören und alles werde sie sehen, Töne, die's gar nicht gebe und Dinge, die's gar nicht gebe, und Farben, die direkt vom Himmel kämen.

Ja, sagte Carmen, vielleicht. Vielleicht sollte ich das tun. Vielleicht fiele ich endlich in eine Leichtigkeit, vielleicht könnte ich dann fliegen.

Sie dachte rasch und vorsichtig ans Kotzen und dass sie damit das Mal des Ins-Leere-Pinkelns besiegt hatte, ausradiert aus ihrem Leben und dass sie das Kotzen genoss, das Sich-Auswringen, wenn die Wellen des Würgens sie überkamen mit einer Gewalt, die ihr Inneres nach außen zu stülpen drohte.

Carmen war klar, dass das Kotzen dabei war, die

Herrschaft über sie zu übernehmen, dass das Kotzen sich bald nicht mehr in seine Schranken weisen lassen würde, und sie ahnte in entfernten Winkeln ihres Denkens, dass das genug war, genug des Fliegens, genug der Gefahr.

Ja, sagte Daniel mit Bestimmtheit. Du fliegst, wenn du das nimmst. Wirf dir's ein und dann flieg!

Und wohin, fragte Carmen. Wohin? Und musste an den Fisch denken und hatte das lange nicht getan, den Fisch, der auf der Sonne gestrandet war, wo es ihm wahrscheinlich das Fell über die Ohren gezogen hatte, denn solche Temperaturen konnte keiner aushalten, nicht einmal ein Spanier.

Du spinnst, sagte Daniel. Du hast sie wirklich nicht mehr alle!

Sie sah die Verachtung in seinen Augen, die schillernde Schwärze und ihr wurde klar, was sie bisher nicht gewusst hatte, dass sie ihn liebte, weil dies Schwarz schillerte wie das Grün des Spaniers und das Grün des Spaniers wie dieses Schwarz.

Daniel hat mich zum Fliegen gebracht, sagt Carmen und schweigt still hinaus in den Garten. Obwohl, sagt Carmen, das stimmt nicht ganz, ich bin ja nicht geflogen, ich hab mich nicht getraut. Ich wollte es, unbedingt, aber ich hab mich halt einfach nicht getraut. Und dafür, sagt Carmen, hat Daniel mich verachtet.

Zwar sagte er nichts, aber ich spürte es. Es war in seinen Augen.

Ich weiß nicht, sagt Carmen, warum ich Angst hatte vorm Fliegen, ich weiß nicht, ich hatte keinen Moralischen oder so, die Moral war mir wurscht, es war auch nichts Religiöses, die Religion war mir genauso wurscht. Vielleicht war es deshalb, weil ich schon wusste, wie das ist, wenn man seinen Körper außer sich bringt, weil ich es jeden Tag machte und ahnte, dass es gefährlich war, gefährlich genug. Ich weiß nicht.

Auf jeden Fall, sagt Carmen, verliebte ich mich. Ich merkte nicht, wie es geschah, aber plötzlich war ich froh, an ihn zu denken. Plötzlich war ich froh, ihn zu sehen und plötzlich –

Steffi hatte sich eine Haube erkocht. Das war gut für die Liebe und gut für das Geschäft, denn beides litt seit dem Hammerer-Tod und dem Doktor-Rutschka-Abgang. Seither nämlich haftete Steffi etwas Verruchtes an, etwas Verlorenes auch und etwas Einsames, und nachdem ein Ehemann des Viertels dieser Einsamkeit erlegen und tröstend eingeschritten war und tags darauf seiner Ehefrau die Ehe aufgekündigt hatte, da er sich selbst zu verlieren gedachte in Steffis Verlorenheit, wussten der Pfarrer und die Obfrau der Frauenbewegung, die eine akkurate Person war, nicht auf den Mund gefallen und durchaus bereit, auch einmal über ein Ziel hinauszuschießen, dass es an der Zeit war, einzuschreiten und dem bösen Treiben ein Ende zu machen. Also wurden die Ehemänner der Umgebung in die Pflicht genommen und bekamen Hammerer-Wirtshaus-Verbot und das führte im Laufe der Zeit zu einem Geschäftsrückgang, der dramatisch wurde.

Rettung kam in letzter Minute: Der Knollmann, der immer noch jeden Freitag kam und in Gedanken der Wirtin ein treuer Gefährte war, hatte nämlich einen Freund, der war Haubentester, Haubenvergeber und Zeitungsschreiber, und der kam und aß und kostete und schaute über den Tellerrand in Steffis Augen und sah das Verruchte darin und das Verlorene und das Einsame und versank.

Der Knollmann, der danebensaß, schluckte schwer und Steffi lächelte ihn an und nickte ihm zu und er stand auf und ging und holte den Freund drei Tage später wieder ab und schluckte erneut, als er sah, in welch unsichtbaren Sphären der Freund schwebte, in welch unhörbaren Klängen er sich wiegte, in welch großer Verlorenheit auch er sich nun befand.

Wieder lächelte Steffi den Knollmann an, wischte ihm ein unsichtbares Stäubchen vom Hemdkragen, schickte ihm ihren Duft in die Nase und wurde schließlich kleiner und kleiner im Rückspiegel des Knollmann'schen Autos, das den Freund zurück in die Redaktion transportierte, wo er in seiner Zeitung über das Wirtshaus und die Wirtin berichtete und über die sensationelle Haubenvergabe.

Die Schwägerin kam und half und musste mit aufs Zeitungsfoto und meinte plötzlich, sie habe es immer gewusst und sie habe es immer gesagt, Steffi sei eine Tüchtige und den Tüchtigen gehöre die Welt.

Das Foto war speziell und trug zum speziellen Ruhm bei – vier Frauen: eine uralte, eine alte, eine mittlere und eine sehr junge, das Hammerer-Wirtshaus war zur Weiber-Wirtschaft geworden, manche meinten verkommen, und einem jeden gefiel's nicht. Auch die Stammtischrunde verkleinerte sich zusehends: Vier starben heraus, zweien wurden die Frauen zu viel, der spärliche Rest ertrug's.

Das Geschäft aber geriet wieder in Schwung, Steffi musste noch jemanden einstellen und spielte bald mit dem Gedanken, zu vergrößern.

Trotzdem war nicht alles eitel Wonne: Man redete. Von ihr. Und über sie. Und über Carmen, die plötzlich dünn geworden war und in einigen Jahren wohl Steffis ärgste Konkurrenz sein würde, was die Männer und die Männerfängerei betreffe.

Pessimisten wollten gar behaupten, um Jahre würde es sich da nicht mehr handeln, von Monaten solle man reden, von Wochen gar, denn Gerüchten zufolge hänge Steffi, mit Verlaub, der Busen bis zum Bauch und der Arsch in Falten.

Außerdem habe sie wohl in letzter Zeit ein bisschen zu sehr dem Genuss fetter Speisen und scharfer Getränke gefrönt und sei ein bisschen zu oft traurig gewesen und habe zu oft und zu viel und zu gut gekocht und zu oft und zu viel geweint und zu viele Tränen seien in die Speisen geraten, was zu deren Güte zwar unglaublich beitrage, aber nicht unbedingt zur Güte derer, die davon kosteten, und sie, Steffi, sei wohl eine davon gewesen und eine von den Unmäßigen.

Technisch gesehen gebe es aber keine Probleme, meinten die, die es wissen mussten, weiter und schnalzten genießerisch mit der Zunge, technisch gesehen funktioniere alles wie geschmiert. Das sei wie mit dem Radfahren, wer es einmal könne, verlerne es nicht mehr.

Er war der abgefuckteste Mensch, den man sich vorstellen konnte.

Er hatte das Foto in der Zeitung gesehen und war nun auf den Spuren seiner Vergangenheit. Er witterte den Hafen, den er dringend benötigte, den Hort, an dem er sein müdes Haupt zur Ruhe betten konnte. Die Erschöpftheit seines rastlosen Lebens hatte sich eingeprägt in die zahllosen Furchen seines Gesichts und die Haut um seine Augen schimmerte wie grünes Pergament. Seine Haare hingen stumpf und grau über seinen Rücken, der gebeugt war von der Last eines gewaltigen Bauches.

Kein *Fisch-im-Mond* mehr, nicht schillrig, nicht durchsichtig, kein Spanien im Blut, kein Flamenco, nur sonnenverbrannter Staub und Verreck-Gestank.

Steffi krampfte sich das Herz zusammen, als er anrückte, als er um die Biegung kam und sie ihn erkannte. Dem hatte sie jemals nachgespürt, sehnsüchtig und voller Wehmut?

Es verschlug ihr die Stimme und mühsam krächzte sie, was er wolle und dass er nicht bleiben könne und dass er ihr die Gäste verschrecke.

Er lachte und griff nach ihr und suchte sich ein Zimmer im Wirtshaus und ließ sich da nieder und machte sich breit. Als Carmen nach Hause kam und ihn sah, ging sie aufs Klo, um zu kotzen.

Ich dachte, sagt Carmen, mich trifft der Schlag. Ich sah den Silbrigen-Fisch-im-Mond, sagt Carmen, und dachte, mich trifft der Schlag, denn in meinen dämlichen Gedanken saß er doch auf der Sonne, aber so, wie der aussah, hatte sie ihn geschmolzen und zerronnen und ausgespuckt an irgendeinen Strand, an irgendein Wasser oder wahrscheinlicher an eine Müllhalde.

Ich wusste, sagt Carmen, auf den ersten Blick, dass das mein Vater war und sofort musste ich kotzen gehen und es drehte mich und drehte mich und es kotzte mich aus mir heraus und in ihn hinein und ich wusste, mit einem wie ihm, der nie ein Spanier gewesen war, den sein Traum umgebracht hatte, war ich gezeichnet für mein Leben.

Ich spürte in mich hinein, ob er mir leidtat, sagt Carmen, aber da war nur Grauen und Zorn, weil er mir auch meinen Traum genommen hatte, meinen Traum von ihm als Spanier, meinen Traum von ihm als Silbrigen-Fisch-im-Mond. Ein verfickter Kotzscherben, sagt Carmen, war er, und so einer, so einer ist nun mein Vater.

Hammerer hier, sagte Steffi durchs Telefon und Kollege Ferschner stand stramm. Hammerer hier, bei uns ist jemand zum Abholen. Bitte kommen Sie rasch.

Natürlich, sagte Kollege Ferschner, natürlich, Frau Hammerer. Wir kommen sofort. Es ist uns eine Ehre.

Ehre, fragte Steffi erstaunt, Ehre? Das muss nicht sein. Nehmen Sie Ihren Arrestwagen mit oder Ihre Handschellen oder was immer Sie dazu brauchen. Aber nehmen Sie's mit!

Kollege Ferschner starrte verblüfft den Hörer an und murmelte: Arrestwagen? Handschellen? Und nahm die Scharfgeladene und den Inspektor und fuhr zum Wirtshaus Hammerer, in das er lange nicht gekommen war, weil seine Angetraute sich in der Frauenbewegung engagierte.

Als sie um die Biegung kamen und der Blick frei war auf die Donau und das Wirtshaus und die alten Linden, die sich über das Wirtshaus bogen, schaltete er zwei Gänge zurück und fuhr im Schritttempo, um auf alles gefasst zu sein. Aber es war ruhig um das Haus, fast gespenstisch, von den Mauern bröckelte der Putz und die Tische im Garten hatten auch schon bessere Zeiten gesehen.

Da fehlt die ordnende Hand eines Mannes, dachte Kollege Ferschner, während sie auf die Haustür zugingen. Steffi öffnete und auch an ihr schien die ordnende Hand eines Mannes zu fehlen, sie wirkte ein wenig derangiert, ein wenig unaufgeräumt, hatte rote Flecken im Gesicht und im Ausschnitt.

Grüß Gott, Frau Hammerer, sagte der Inspektor, was ist los? Warum die Aufregung?

Mein Mann, sagte Steffi, mein Mann ist hier und ich werde ihn nicht mehr los. Er geht einfach nicht!

Ihr Mann, sagte der Inspektor erstaunt, Ihr Mann, Frau Hammerer? Aber Ihr Mann ist doch gar nicht mehr am –

Er verstummte, strich sich verlegen über den Mund und dachte, mein Gott, jetzt ist es so weit. Jetzt ist sie verrückt geworden.

Ach was, schnauzte Steffi. Halten Sie mich für verrückt? Mein erster Mann natürlich, mein erster

Mann. Natürlich nicht der Hammerer. Natürlich ist der Hammerer tot.

Nein, stammelte der Inspektor und wurde rot, nein, ich halte Sie nicht für verrückt. Selbstverständlich halte ich Sie nicht für verrückt.

Kollege Ferschner konnte nicht an sich halten und begann zu grinsen und freute sich in Gedanken darauf, am Revier zu erzählen, wie der Kollege ins Fettnäpfchen getreten war, ausgerechnet der Kollege, der sich immer für etwas Besseres hielt, der immer meinte, er sei der Klügste und der Schönste, nur weil er Matura hatte und ein paar Semester Psychologie – und dabei war er vom anderen Ufer!

Ja, sie waren ihm auf die Schliche gekommen, Moser hatte ihn gesehen in der Altstadt mit einem jungen Stricher, mit dem er rasch in einem Auto verschwunden war, dem er Geld gegeben hatte.

Das war knapp, hatte Moser gemeint und genüsslich mit der Zunge geschnalzt, knapp am Jugendschutzgesetz, und wenn man wollte, könnte man ihm daraus einen Strick drehen, wenn man wollte, aber man will ja nicht, noch nicht, irgendwann, hatte Moser gesagt, wird die Sau schon fällig!

Ja, dachte Kollege Ferschner, schon fällig irgendwann, strich sich über sein rundes Bäuchlein und lächelte der Hammerer zu, die, das musste leider einmal gesagt werden, auch schon bessere Zeiten gesehen hatte, da ging es ihr wie ihrem Wirtshaus.

Es fehlt halt rundherum die ordnende Hand eines Mannes, dachte Kollege Ferschner wieder und prüfte mit Kennerblick und beschloss, dass er in nächster Zeit doch einmal vorbeischauen werde, Frauenbewegung hin oder her, weil es doch im Grunde seine Pflicht war in seiner Funktion als Ordnungshüter alleinstehenden Damen ein wenig unter die Arme und anderswohin zu greifen – und weiter dachte er nicht mehr.

Als er wieder zu sich kam und zu realisieren begann, was geschehen war, lag er auf der Trage eines Rettungsautos, die Nase war ihm blutig geschlagen und man legte ihm gerade einen Kopfverband an, weil die Wucht des Schlages ihn hintenüber gekippt hatte und er auf dem Steinfußboden des Flurs aufgeknallt war, was ihm eine Platzwunde verursacht hatte und eine Gehirnerschütterung.

Er nannte mich Carmelita, sagt Carmen. Er nannte mich tatsächlich Carmelita und plötzlich war ich wieder klein wie ein Stein.

Er hätte, sagt Carmen, ein Traum bleiben müssen, einer wie aus Zuckerguss und Marzipan, einer, der dir den Geschmack auf die Zunge bringt, aber keiner, der dich schluckt und wieder ausspuckt und dann stehst du am Donauufer und er greift nach dir mit schmierigen Händen.

Ich habe ihn gefragt, sagt Carmen, ob er wenigstens einmal dort war. Wo, meinte er, wo. Und ich: In Spanien.

Da starrte er mich an, sagt Carmen, als ob ich eine Idiotin wäre, eine Außerirdische, und dann lachte er. Nein, hahaha, da sei er nie gewesen, hahaha, nie in diesem verfickten Land, dem verfickten, nicht einmal in der Nähe.

Da ertrug ich ihn nicht mehr, sagt Carmen, da ertrug ich nicht mehr, dass er mir mein Spanien ruinierte.

Mein Spanien, sagt Carmen, ist ein Land voller Zitronenbäume und mein Spanien, sagt Carmen, ist ein Land voll der Bläue des Ozeans und in meinem Spanien, sagt Carmen, tanzen die Frauen ihre Liebe, bis sie sterben.

Aber er lachte mich aus, sagt Carmen, mein hässlicher, fetter Vater lachte mich aus. Carmelita, wie blöd bist du denn? Carmelita, haben sie dir ins Hirn geschissen?

Ich brüllte ihn an: Selber blöd und selber ins Hirn geschissen und scher dich zum Teufel und dorthin, wo du hergekommen bist, du abgefuckte Sau, du abgefuckte!

Da knallte es ihm die Sicherungen durch. Er hatte gesoffen, er hatte Schnaps intus und nicht zu wenig. Er fing an Gläser zu zerschlagen und Geschirr und als er mit den Stühlen begann, rief Steffi die Polizei und ich bin abgehauen.

Juan, der Spanier, der kein Spanier war, konnte saufen wie ein Loch, das verschlang Liter um Liter und wurde nicht voll.

Aber rabiat. Und sehr beweglich. Wie eine Schlenkerpuppe. Massig an Gewicht, aber leicht in den Gliedern. Leicht wie ein schwarz gelockter Flamencotänzer. Beweglich wie ein glutäugiger Torero. Zerschlug Gläser und Geschirr. Drosch einen Stuhl auf den anderen. Sprang los, als die Polizisten kamen, um in sein Reich einzudringen. Sprang los, hinterrücks, aus dem Schatten der Tür und landete seine Faust punktgenau. Dann vernahm er ein Brüllen und das Aufknallen des Kopfes am Steinboden und verblüfft stellte er fest, dass das Brüllen nicht seines war und verblüfft blickte er in die scharfe Mündung einer Scharfgeladenen und da begann er zu flennen und hängte sich an Steffi und klammerte sich fest und rotzelte sie voll, dass sie nicht wusste, sollte sie sich ekeln oder fürchten.

Schließlich entschied sie sich fürs Ekeln, stieß den Spanier, der alles Leichtfüßige verloren hatte, von sich und zischte ihm zu, dass er sich zum Teufel scheren und dort bleiben und ihr nie wieder in die Nähe kommen solle! Bei ihr gebe es nichts zu holen! Jetzt nicht mehr! Punkt! Basta!

Mit der Scharfgeladenen im Anschlag klickte der Inspektor die Handschellen um die Handgelenke des Spaniers, rief dann per Handy polizeiliche

Verstärkung und die Rettung und kümmerte sich schließlich um den Kollegen Ferschner, der regungslos auf dem harten Steinboden lag.

Endlich kam die Sanität und übernahm Ferschner und endlich kamen Kollegen und übernahmen den Spanier und der Inspektor trat mit Steffi hinaus in die Sonne und er dachte, sie ist ein armes Schwein, sie hat den Richtigen auch noch nicht gefunden, genauso wenig wie ich.

Ich weiß nicht, sagte Steffi, was es mit diesem Haus auf sich hat, dass immer wieder Tragödien passieren müssen.

Der Inspektor lächelte. Vielleicht, sagte er, liegt das ein bisschen an Ihnen. Vielleicht, sagte er, sollten Sie nur noch kochen, Frau Wirtin.

Ja, sagte sie, ja, vielleicht. Und selber?

Der Inspektor lachte. Ich, sagte er, ja, mir geht es auch gut.

Und Ihrem Freund, fragte sie, Ihrem jungen Mann? Älter geworden?

Er lachte wieder, aber leise, unglücklich. Nein, sagte er, nicht älter geworden.

Sie nickte. Sie sollten zum Essen kommen, sagte sie, ich glaube, ich muss kochen heute Nacht.

Sie gab ihm die Hand und ging zum Rettungswagen, in dem Kollege Ferschner auf der Trage lag und sie nicht aus den Augen gelassen hatte.

Es tut mir leid, sagte Steffi, sehr leid, aber Gott

sei Dank war Ihr Kollege da, dem haben wir beide viel zu verdanken. Nicht wahr?

Und dann wünschte sie gute Besserung und dann rauschte sie ab hinter die Haustür und die fiel ins Schloss und für ihn, Ferschner, war auf der Stelle eines klar: Die Hammerer würde sich einen anderen Ordnungshüter suchen müssen. Er würde sich keinesfalls mehr zuständig erklären, er nicht, nicht für ihr Wirtshaus und nicht für sie selbst.

Vorsichtig spannte er die Oberlippe und zuckte zusammen, als er das schmerzende Loch spürte, das der Sturz ihm verursacht hatte, ein Zahn war herausgebrochen, ein oberer Schneidezahn, und so wirkte Kollege Ferschner nun wie ein vorgestriger Urahn und fluchte auch wie ein solcher. Dass nämlich der gute Moser ein Trottel sei. Und wo andere Augen hätten, da wären bei ihm vermutlich Spiegeleier. Der Inspektor eine Schwuchtel? Aber holla! Witz des Tages!

Die Kollegen staunten, als er, Ferschner, ihnen erzählte, immer noch pfeifend durchs Zahnloch, immer noch den Kopf in weißem Mull, dass der Inspektor sich die Hammerer aufgerissen habe, dass er an ihrem Busen geklebt sei wie ein Superkleber und an ihren Lippen sowieso, aber leider habe er, Ferschner, nichts, aber auch gar nichts verstanden, fünf Meter seien fünf Meter und eine Gehirnerschütterung eben eine Gehirnerschütterung.

Ich wollte, sagt Carmen, in mein Spanien. Sofort. Auf der Stelle. In mein Spanienland. Also nahm ich meinen Pass und Geld und verschwand, während Steffi mit dem Inspektor in der Sonne stand und der Verrückte im Wagen saß, geknickt und in Handschellen.

Zuerst marschierte ich zum Seelich-Haus, ich wollte mich verabschieden, aber keiner öffnete. Als ich mich umdrehte zum Gehen, stand Daniel vor mir.

Wie siehst du denn aus, fragte er. Bist du einem Gespenst begegnet?

Ja, sagte ich, ja, einem Gespenst.

Ich fahr auf das Strandfest, sagte er und zuckte mit den Schultern. Wenn du willst –

Da hab ich, sagt Carmen, überlegt, Spanien oder Daniel und zuerst dachte ich: Spanien. Natürlich Spanien.

Aber dann, sagt Carmen, war Spanien so weit und Daniel so nah und wo die Liebe einen hinführt, da führt sie einen eben hin.

Wir fuhren an den Donaustrand, es war dunkel und heiß, Lagerfeuer brannten, Musik dröhnte weithin über das Wasser, Pärchen tanzten eng umschlungen und Daniel mittendrin tauchte ab, fiel in die Monotonie der Bässe, kiffte sich ein und ich ihm hinterher, immerzu hinterher, dass er fluchte und meinte, ich sei wie ein Hund, ein lästiger Straßenköter, ein Husten, den man nicht loswerde.

Ich aber wünschte mir nichts sehnlicher, als dass er mich hielte, mich, seinen Husten, seinen Hund und dann, sagt Carmen, dann hatte ich die Idee und dann habe ich ihn gefragt. Ob er mitkäme. In mein Spanien.

Er riss die Augen auf, starrte mich an, begann zu kichern. Du spinnst, sagte er, du spinnst komplett. Er tippte sich an die Stirn und wankte in die Schatten und ich, sagt Carmen, ihm wieder hinterher.

Er war so schön, sagt Carmen, und ich habe ihn so geliebt, dass ich glaubte, ich geh kaputt, dass es ein Schmerz war, ein riesiger Schmerz; hätte einer mir den Arm abgehackt, es hätte mir nicht weher getan.

Ach, Daniel, hab ich gesagt, sagt Carmen, ich lieb dich. Ich lieb dich so und ich fürcht mich allein und ich hab mich immer gefürchtet und ich bin immer allein, sagt Carmen, dass sie gesagt hat, und dass ihr der Spanier das Spanien rauben wolle und dass es ihm gelänge, wenn sie ihr Spanien nicht finde und wenn er, Daniel, ihr nicht beim Suchen helfe.

Immer wieder, sagt Carmen, sagte ich das, immer wieder, und dass er das Schönste sei, was ihr je passiert wäre und dass, nur weil es ihn und Juli gebe, sie Klara vergessen könne, die sich aufgelöst hatte und entschwebt war und vielleicht, sagt Carmen, war sie ohnehin nur ein Traum gewesen, ein kleiner, blöder Kindertraum.

Irgendwann, sagt Carmen, wurde es Daniel zu viel.

Irgendwann packte er mich am Arm und zog mich hinaus aus dem Licht in die Schatten am Rand und zischte, ob ich jetzt durchgeknallt sei, aber endgültig, durchgeknallter als er, durchgeknallter als alle, durchgeknallter ginge es nicht mehr.

Was ich genommen hätte, fragte er, und dass ich eine Abkühlung bräuchte und dass er mir die jetzt verpassen würde.

Dann zog er mich in die Donau, sagt Carmen, mitten in der Nacht, über die Steine und den Sand hinaus ins Wasser.

Die Donau, sagt Carmen, war schwarz und unheimlich, wie ich sie nie gesehen hatte, und so kalt, dass ich dachte, es zieht mir die Haut ab. Da brüllte ich los. Dass er mich lassen solle, dass ich nicht hineinwolle in dieses Sauschwarz, in dieses Kalt.

Aber Daniel, sagt Carmen, ließ nicht locker, er schob mich vor sich her und trieb mich hinaus, wir verloren den Boden unter den Füßen, die Strömung trieb uns ab und er jubelte und lachte und meinte, das sei wohl das geilste Spanien, das ich mir vorstellen könne, und ob ich jetzt endlich zufrieden sei, denn, wenn nicht, werde er dafür sorgen, dass ich absöffe und dann wäre ich wohl endlich still.

Irgendwann saßen wir wieder am Ufer, sagt Carmen, irgendwann, mit aufgeschürften Zehen und Knien, weil wir über Steine zurückmussten und durch Uferdickicht, und dass sie gezittert habe, was heißt gezittert, dass es sie geschüttelt habe wie eine mittelgroße Eiche im Orkan.

Zieh dich aus, sagte Daniel und war plötzlich nicht mehr angekifft und niedergedröhnt, du musst dich ausziehen, sonst wirst du nicht warm.

Stell dich nicht so an, sagte Daniel, ist doch stockfinster. Kannst dich ruhig ausziehen. Ich tu's ja auch.

Sie saßen im kratzigen Donauufergras und klaubten sich die nassen Kleider von den Körpern.

Ich lieb dich nicht, sagte Daniel, es tut mir leid, aber ich lieb dich halt nicht. Du musst das irgendwie in deinen Kopf kriegen. Irgendwie.

Und das mit deinem Spanien, sagte Daniel, das ist eine verrückte Idee. Das Spanien, das du suchst, das findest du auf keiner Landkarte. Das gibt's gar nicht. Das Spanien, das du suchst, ist ein Traum, noch dazu der von deinem Vater. Du läufst einem fremden Traum hinterher. Wie soll das funktionieren?

Ein Traum ist ein Traum, sagte Carmen leise. Besser ein fremder als gar keiner.

Ihre Zähne klapperten aufeinander, ihre Haut war so kalt und als Daniel sah, wie sie fahl durch die Dunkelheit zitterte, und als er hörte, wie ihre Zähne klapperten, rührte sie ihn. Ach, Carmen, sagte er, armes Schwein.

Er legte seinen Arm um sie und sie spürte auf der Stelle, wie es in ihr zu würgen begann. Es war seine Haut, die sie beruhigte, weil sie kalt war und zittrig wie ihre, es war sein Donaugeruch und der Wind, der durch die Weiden strich und es war ihre Liebe zu ihm, die sie das Würgen hinunterwürgen ließ.

Aber ich lieb dich nicht, knirschte er heraus, mach dir keine falschen Hoffnungen, ich lieb dich einfach nicht.

Immerhin war er zärtlich und sanft und das war noch keiner gewesen, hin und wieder vielleicht Steffi während eines Kochanfalls, aber dann war's ja nicht Steffi gewesen, sondern das Wesen in ihr, das aus ihr herauswuchs, wenn sie kochte.

Aus Daniel wuchs auch ein Wesen heraus, aber Daniel blieb Daniel, ein wenig eingekifft und ein wenig niedergedröhnt und sehr kalt von der Donau und sehr zärtlich zu Carmen, selbst dann noch, als er merkte, dass sein Schwanz feststeckte und Carmen flennte, weil es ihr erstes Mal war und weil es brannte wie die Hölle.

Im Morgengrauen schlüpfte Carmen in ihre Kleider, die immer noch klamm und feucht waren, ging zurück zum Auto und nahm aus dem Kofferraum eine Decke. Damit schlich sie zurück und auf Zehenspitzen hin zu Daniel, der auf dem Bauch lag und immer noch schlief. Ein Ast knirschte unter ihren Füßen und Daniel zuckte und drehte sich um und sie hielt den Atem an.

Aber er hatte sich nur in eine neue Schlafstellung gebracht, sein Gesicht war friedlich und entspannt und Carmen kniete sich vor ihn hin und schaute ihm beim Schlafen zu.

Das Licht war weich und mild, in Kürze würde die Sonne hochsteigen, da sollte sie, Carmen, verschwunden sein.

Vorsichtig, ganz vorsichtig, ganz leicht legte sie ihren Finger auf seinen Mund und schwor sich, ihn eines Tages zu küssen, eines Tages.

Wie Flaum, wie fedrigen Flaum, ließ sie ihren Finger weiter tippen, sein Haar rührte sie an, das schwarz und glänzend um seinen Kopf ausgebreitet lag, dann seinen Bauch, dann das dunkel Gelockte seiner Scham, dann seinen Schwanz, samtig und weich nun, weicher als ein Babyarsch.

Mühsam versuchte sie einen Zusammenhang herzustellen zwischen den nackten und weißen Hintern, die sie auf Steffi hatte auf und nieder schnappen sehen und dem, was ihr heute Nacht geschehen war, und obwohl sie sich fest und sicher lieben spürte, kam das Würgen doch noch über sie und sie rannte, als ob der Teufel hinter ihr her wäre, hinaus aus Daniels Nähe, hinein in die Uferweiden.

Da kotzte sie sich aus und als ihr Körper leer war und ausgewrungen, schlich sie zurück, las die Decke auf, deckte Daniel zu und spürte ihre Liebe tief und schwer. Rasch knabberte sie ihre Fingernägel an und schluckte ihr Weinen hinunter in den Bauch und als die Sonne langsam durchbrach, verschwand sie für ein paar Tage in die Uferlände der Stadt.

Wo ist denn Carmen?, fragte der Inspektor und schwelgte in den Sphären der Donaurankensuppe, was immer das war. Ich habe sie nirgendwo gesehen.

Wo wird sie schon sein, sagte Steffi. Sie ist sechzehn und es ist eine schöne Sommernacht. Wo wird sie also sein?

Machen Sie sich keine Sorgen, Frau Hammerer?, fragte der Inspektor mit gerunzelter Stirn, nahm einen Schluck aus seinem Weinglas und widmete sich der Hummerpastete an Birnenkompott, die, das wusste er, seine Geschmacksnerven in helle Aufregung versetzen würde.

Steffi dachte an das fehlende Geld in ihrer Geldbörse und an den fehlenden Pass. Vermutlich ist sie nach Spanien, dachte sie, sagte es aber nicht, vermutlich nach Toledo oder Sevilla oder in irgendein Küstenkaff, aber vermutlich wird sie das Spanien, das sie sucht, nicht finden. Das Spanien, das sie sucht, dachte Steffi, sagte es aber nicht, das wird es nicht geben. Das wird nur in ihren Gedanken gewesen sein und in ihren Hoffnungen, da werden irgendwann die Pyrenäen entstanden sein und die Inseln im Mittelmeer und sie wird nicht gewusst haben, welche Flüsse aus dem Norden kommen und dass es Gebirge gibt, die höher sind als ihre Gedanken.

Wirklich gar keine Sorgen?, fragte der Inspektor wieder.

Sie ist meine Tochter, sagte Steffi ohne Stolz, sie schlägt sich durch. Schmeckt es Ihnen?

Der Inspektor nickte und lobte umgehend die Vorzüglichkeit ihrer Kochkunst und gab auch gleich seiner Neugier die Nachspeise bereffend Ausdruck und hatte Carmen schon wieder vergessen.

Lassen Sie sich überraschen, sagte Steffi und spürte den leisen Stachel in ihren Eingeweiden. Sorge um Carmen?

Nein, sie sorgte sich nicht, hatte sich nie gesorgt, auch nicht um sich selbst. Sie waren Katzen, fielen auf die Füße, hatten sieben Leben. Aber ging das irgendjemanden etwas an?

Voilà, sagte Steffi und stellte das Dessert auf den Tisch. Er staunte. Was ist das? Ananasbaiser, sagte sie, nichts Besonderes, aber es ist ein bisschen vergiftet.

Er lachte, vorsichtig, überrascht. Bei Ihnen ist alles besonders, sagte er und wollte ein wenig schmeicheln, weil er nicht wusste, was die Abkühlung bewirkt hatte. Aber sie war nicht zu ködern.

Man altert, nicht wahr, sagte sie und lächelte, während das Baiser in seinem Mund plötzlich größer zu werden schien, man altert an der Jugend seiner Liebhaber, nicht wahr?

Er schluckte und schluckte und legte den Löffel weg und war eine Weile still. Sie betrachtete ihn und merkte, wie ihre Traurigkeit zurückkam, sie würde weiterkochen, wenn er gegangen war.

Ja, sagte er. Ja.

Kommen Sie ruhig wieder, sagte Steffi und stand auf. Sie sind immer willkommen.

Sie ging ins Haus, versperrte die Tür, löschte das Licht. Er blieb sitzen im Dunkel unter den Bäumen.

Ich träumte, sagt Carmen. Am kalten Donauwasser träumte ich von der Hitze in meinem Spanien. Ich träumte diesen Traum. Aber er wurde nicht meiner.

Ich weiß nicht warum, sagt Carmen. Daniel war dazwischen und diese Nacht an der Donau, dies Kalte, das uns die Nägel aufrollte und bis in unsere Herzen kroch.

Dies Kalte, sagt Carmen, war magisch und dass Daniel mich wärmte und tröstete und in mein Herz kroch, das doch so kalt –

Eine Liebe, sagt Carmen, muss das doch gewesen sein. Magisch und zart, bis zum Schlafen und übers Schlafen hinaus.

Wenn ich es, sagt Carmen, in Farben sagen müsste,

dann wären wir blaugrün gewesen mit einem kräftigen Schuss Orange, das ins Rotstichige ging und so gesehen war es, als ob wir in einem Spanienland gelandet wären, damals an der Donau, trotzdem gelandet in meinem Spanienland.

Juli war *schmuddelig* geworden, ja, *schmuddelig*, es gab kein anderes Wort, und Daniel hatte eine Freundin und der Stadtrat hielt eine Rede, die war dermaßen penetrant, dass Carmen ihm ins Genick springen wollte.

Sie ließ es aber bleiben, denn das hätte ihr trotz ihrer knapp siebzehn Jahre Erziehungsheim eingebracht und Steffi große Schande und nichts war für Steffi inzwischen schlimmer als große Schande, es hatte sie in ihrem Leben zuhauf gegeben und irgendwann musste Schluss sein.

Der Stadtrat sprach über die Jugend und ihre Vorzüge, er lobte das Engagement der Gemeinde, er lobte sich selbst und die Möglichkeiten, die sich ihm boten, die Bedürfnisse und Wünsche der Jugend zu erfüllen.

Er erwähnte das Glück, dass jeder glücklich war und jeder gut versorgt mit dem Unwesentlichen, das Wesentliche fehle dann nicht so sehr.

Das war der Augenblick, wo alle zu lachen begannen, weil er sich versprochen hatte auf diese unsägliche Weise, aber es war noch immer nicht der Augenblick, in dem Carmen daran dachte, ihm ins Genick zu springen.

Der Augenblick kam, als der Stadtrat vom hohen Verständnis sprach, das alle hätten, besonders er, vom hohen Verständnis und der vielen Zeit, die alle hätten, besonders er.

Der Augenblick kam, als der Stadtrat, vollmondgesichtig und rotwangig, sich glückselig lächelnd über das Pult beugte und sagte: Wir hier in unserer friedlichen Stadt an der Donau erziehen unsere Kinder zu geraden und glücklichen Menschen. Unsere Kinder tragen keinen Dreck mit sich herum, hier gibt es keine Drogen, hier gleiten sie nicht ab in die Sümpfe der Kriminalität und der Prostitution.

Und der Stadtrat hielt inne und machte die dramaturgisch wichtigste Pause seiner Rede, vielleicht sogar seines Lebens, denn es war Wahlzeit, und er holte tief Luft und fuhr fort und erklärte, warum das so sei mit dem vielen Glück und der vielen Zufriedenheit: das nämlich sei wegen der Zeit, der vielen übrigen, die sie, die Gemeindeväter, übrig hätten, um mit den Jugendlichen zu reden und für sie da zu sein, wann immer diese sie brauchten! Weil die Stadt ein Hort des Glückes sei, ein Hort der Zufriedenheit, und es hier an der Donau doch nur glückliche Familien gebe, heil und geordnet, klar und gerade wie nie und nirgends und Gott geb's und Gott dank's, dass es so bleibe!

Und als der frenetische Jubel im Zelt die paar Unmutsbekundungen überdeckte, war der Augenblick gekommen, dass Carmen dem Herrn Stadtrat an die Gurgel springen wollte, nicht mehr nur ins Genick, sondern an die Gurgel.

Aber, wie gesagt, sie tat es nicht.

Errege mir kein Aufsehen, hatte Steffi gesagt, vor Jahren zwar, kein EIGENTLICH und kein ABER, aber – was damals galt, galt auch noch heute.

Juli, die schimmernde Augen gehabt hatte und schimmerndes Haar, war schmuddelig geworden und hielt sich mühsam gerade und man musste sich wirklich fragen, wer diese abgefuckte Person zum Ficken haben wollte.

Aber da gab es einige, nachts hinter dem Bahnhof oder auch untertags, wann immer Juli Geld brauchte und jemand anderer eins übrig hatte. Dass sie fahrig war und unruhig, musste niemanden stören, man brauchte sie nicht zum Zuhören, das erledigte der Herr Stadtrat, man brauchte Juli für Dinge, für die man den Herrn Stadtrat ganz gewiss nicht brauchte.

Juli war auf *fly*. Keiner wusste, was genau das war, vielleicht nicht einmal Juli selbst, aber zielstrebig war sie dabei sich ihm anzunähern, zielstrebig kiffte sie sich daran fest, dröhnte sich daran tief.

Es war ganz lustig ihr zuzuhören, vor allem musste man sie nicht ernst nehmen, sie und das Fliegen-Wollende, sie und das Fast-abheben-Könnende.

Die komische Nudel, sagten die Burschen, nachdem sie sie abgefüllt und gevögelt hatten, und stolz wiesen sie darauf hin, sie hätten nichts bezahlt, nicht wie die Deppen vom Bahnhof. Verstehen müsse man es halt, die Mädels seien alle gleich, wollten ein bisschen gekitzelt werden, ein bisschen gebeten und dann sei das Durchvögeln der logische Schluss und im Zuge einer Disconacht eine ganz normale Angelegenheit und darüber brauche man sich gar nicht aufzuregen.

Juli, die schimmernde Augen gehabt hatte und einen großen roten Mund, regte sich nicht auf.

Juli war auf der Suche und hatte das Zaubervögelige gerade noch an sich, dieses Reine und Zarte und wenn sie sich herrollten über sie, trippte sie sich weg mit einem Lächeln, das von irgendwoher aus ihren Hüften kam oder aus ihren Lungenflügeln.

Daniel, der Arsch, hatte eine Freundin, die hieß Sabine und hing an ihm wie eine Klette. Carmen hatte schon davon gehört und auf der Redeveranstaltung des Stadtrates sah sie es auch.

Außerdem hatte Daniel die Haare geschnitten und sah gar nicht mehr so schön aus, er hatte ein wenig das Heilige verloren, das Carmen gesucht hatte seit ihrer Erstkommunion, seit ihr der Herr Jesus in der Kirche gesagt hatte, dass alles okay sei, dass sie sich nichts denken solle wegen der Schande und dass er, der Herr Jesus, eine Ahnung habe, dass es Schlimmeres gebe und das solle sie ruhig glauben.

Als Daniel Carmen bemerkte, schüttelte er Sabine ab, schlenderte heran und sagte: Hallo!

Carmen sagte dasselbe und dann war Stille.

Verzweifelt wartete Carmen auf das Magische, aber das Magische kam nicht, das Magische stellte sich nicht ein, vielleicht gehörte es zum Sommer und zur Donau und zur Nacht und jetzt war helllichter Tag und Winter.

Tja, sagte Carmen, ich muss in die Küche zu meiner Mutter, es gibt ja dann Würstel für alle.

Ja, sagte Daniel, ich weiß. Würstel.

Ja, sagte Carmen, mit Senf und einem Gebäck und einem Jugendgetränk. Zahlt alles der Herr Stadtrat.

Ja, sagte Daniel, ich weiß.

Und du, fragte Carmen. Wie geht es dir?

Gut, sagte Daniel. Gut.

Schön, sagte Carmen, schön. Also dann.

Sie lächelte, um ihre Verlegenheit zu überspielen, und dann ging sie in die Küche, wo kein Mensch sie brauchte, und Daniel ging zurück zu Sabine, die schon eifersüchtig gewartet hatte.

Der Reitinger, sagt Carmen, hatte einen Stand auf Juli. Der Bolzetter auch. Außerdem weiß ich es vom Hofer und vom Mansfeld. Es waren viele, sagt Carmen, ziemlich viele.

Am Anfang, sagt Carmen, zahlten sie fürs Anschauen. Dann wurde ihnen das zu wenig. Dann griffen sie sie aus, aber dann wurde ihnen auch das zu wenig und dann wollten sie drüber und dann sind sie halt drüber und da wurden viele Euro auf den Kopf gestellt.

Als Juli merkte, dass das Geschäft gut lief, fragte sie mich, sagt Carmen, ob ich ihr den Kassier machen würde und zehn Prozent sollten mir gehören. Da verdienten wir eine Zeit lang ganz gut, was notwendig war, denn wir hatten ja beide kein Geld und da kam uns, was Juli erfickte, sehr gelegen.

Eigentlich, sagt Carmen, war es einfach. Wir hatten unseren Standplatz hinter dem Bahnhof in der Nähe der Donau, in der Nähe unseres Wirtshauses.

Da hatte auch meine Mutter etwas davon, sagt Carmen, denn oft gingen die Kerle danach zu ihr auf ein Bier und manchmal hatte sie auch gekocht und dann gab's BESONDERES nach dem Besonderen und wenn das nicht Erlebnisgastronomie pur war, fresse ich einen Besen.

Natürlich, sagt Carmen, hat sie nichts gewusst von unserem Verdienst, das wäre viel zu viel Schande gewesen, das hätte sie wahrscheinlich nicht überlebt.

Natürlich hielten auch alle anderen dicht, sagt Carmen, Juli und ich sowieso, aber auch die Kerle, denn da hätte bald einer viel zu verlieren gehabt, Beischlaf mit Unmündigen und so, darauf wiesen wir immer hin.

Eine Zeit lang, sagt Carmen, ging alles gut und eine Zeit lang verdienten wir gut und ich sparte eisern für mein Spanien, während Juli alles Geld verpulverte und ins Abtanzen investierte, ins Sich-Hochputschen und Abfliegen und sich dann wegtanzte wie eine Wahnsinnige, wie eine Furie, wie um ihr Leben.

Mir gefiel das, sagt Carmen, mich hat das an mein Spanienland erinnert, daran, dass die Frauen ihre Liebe tanzen bis sie sterben in blutroten Gewändern und mit dem betäubenden Duft von Hyazinthen im Haar.

Bloß, sagt Carmen, dass meine Juli keine Hyazinthen im Haar hatte, bloß, sagt Carmen, dass meine Juli sicher gar nicht wusste, was Hyazinthen sind und bloß, sagt Carmen, dass meine Juli keinen Anstrich von Blutrot hatte, sondern von Grau, und dass das Grau durchgängig wurde, allmählich, wie eine millimeterdicke Schicht, und es hätte, sagt Carmen, ziemlich viel Terpentin gebraucht, um sie abzuwaschen, die Grauschicht von meiner Juli.

Gemerkt, sagt Carmen, hab ich das lange nicht, erst, als die Kerle anfingen sich zu beschweren und zu beklagen, was denn da los sei und dass sie für dieses Graugestell nichts zahlen würden, dass es sich nicht rührte und nicht regte, dass es im Gras hing wie halb verreckt, ein Totengestell wäre das und da käme einem das schiere Grauen.

Da habe sie, sagt Carmen, sich Juli näher angeschaut und da sei es tatsächlich unübersehbar gewesen.

Carmen hatte in der Küche gearbeitet, was sie regelmäßig tat, seit sie nicht mehr zur Schule ging. Nun saß sie in der ersten Frühjahrsabendsonne auf der Bank hinter dem Haus und dachte an Juli und dass es nicht mehr lange gehen würde mit ihr und dass es an der Zeit war, sich finanziell neu zu orientieren.

Gleich würde sie in die Dusche wandern, denn sie hatte schmutziges Haar und stank nach abgestandenem Fett. Zu allem Überfluss spross auf ihrem Kinn ein Pickel.

Plötzlich bog Daniel um die Ecke, sagte hallo und blieb grinsend vor ihr stehen.

Überrascht sprang sie hoch. Hallo, sagte sie, das ist eine Überraschung, und dachte an den Pickel auf ihrem Kinn und spürte, dass sie rot geworden war. Suchst du Juli? Die ist nicht da.

Nein, sagte Daniel und schüttelte den Kopf, ich suche nicht Juli. Warum sollte ich Juli suchen? Dich suche ich.

Mich, sagte Carmen. Na, so was.

Mühsam unterdrückte sie ein Würgen, ein Krampfen, und das Bild kam ihr in den Sinn, das Bild von Daniel an der Donau im weichen Morgenlicht, das Babyarschzart seines Schwanzes, das Microfaserfein seines Mundes und dass sie sich das Küssen geschworen hatte und dass es wieder nicht geschehen würde, denn mit fettigen Haaren und einem Pickel konnte man keinen wie Daniel küssen.

Wie durch Zufall berührten sich ihre Hände und auf einmal war alles Magische wieder da und alles Zaubrische, sogar das Heilige floss plötzlich wieder und das Zaubervögelige und das Blaugrüne mit dem kräftigen Schuss Orange, das ins Rotstichige ging.

Auch Daniel schien all das zu spüren, denn plötzlich grinste er und meinte, sie solle sich nicht erschrecken, aber er habe plötzlich einen Ständer und das sei wohl ihretwegen und ein bisschen sei es ihm peinlich, aber nur ein bisschen, und Carmen wurde noch röter und wusste nicht, wo sie ihre Verlegenheit hinstarren sollte.

Deine Hartnäckigkeit damals, sagte Daniel, die hat mir imponiert. Hast du dein Spanien gefunden?

Ja, wollte Carmen sagen, ja, habe ich gefunden, in diesem Augenblick. Mein Spanienland.

Schön bist du geworden, sagte Daniel, so verwegen, so dünn.

Und dann hatte sie seinen Mund auf ihrem und seine Hände unter dem T-Shirt und dann begann schon das Würgen und das Krampfen und sie konnte es nicht niederwürgen und niederkrampfen, denn Daniels Haut war nicht kalt und feucht wie damals, er roch nicht nach Donau, nicht nach Schlamm, nicht nach eisigem Nachtwasser.

Also los und weg. Um die Ecke, so schnell sie konnte, damit er es nicht sah, das verdammte Kotzen, das unselige.

Als er kam, wischte sie sich den Mund, war leer und ausgewrungen. Er fragte: Bist du deshalb so dünn?

Sie ging an ihm vorbei, schweigend, ging ins Bad unter die Dusche, blieb eine halbe Stunde im kalt laufenden Wasserstrahl, bis sie blau geworden war und starr und dann war das Würgen bekämpft und das Krampfen.

Sie zog sich an, föhnte sich die Haare, schminkte sich und als sie fertig war, stand sie vor dem Spiegel und bemerkte mit Staunen, dass sie aussah, wie Daniel gesagt hatte, schön, verwegen, dünn.

Jetzt, dachte sie, könnte ich tanzen. Alles, was es gibt an Tänzen, könnte ich tanzen. Nicht nur Juli und Daniel, dachte sie, können tanzen, nein, jetzt kann ich es auch. Jetzt tanze ich, dachte sie, jetzt tanze ich den Flamenco, jetzt kann ich das, weil doch jeder etwas können muss, und ich also kann den Flamenco, weil ich Spanierin bin in meinem Spanienland.

Sie lächelte sich im Spiegel zu und wiegte sich und drehte sich und dachte an Carmen in der Oper. Die tanzte den Flamenco und war zum Gotterbarmen schön und sang zum Gotterbarmen schön und ich bin, dachte Carmen, diese Carmen und Steffi ist nur Steffi.

Steffi tanzte in keinem Spanienland, Steffi betrog höchstens einen Hammerer-Arsch mit einem Doktor-Rutschka-Arsch und konnte besiegt werden. Carmen nicht, Carmen war unbesiegbar. Dünn und verwegen, babyarschzart und microfaserfein, keine Rollkugel mehr.

Sie trieben es. Carmen und Daniel. Im Auto. Am Donaustrand. Nie in einem Zimmer, nie in der Nähe eines Hauses. Sie trieben es bis zum Umfallen, exzessiv und ausgiebig und meistens hatte Daniel *Speed* im Blut und meistens ging Carmen vorher kotzen und nachher kotzen und einmal kaufte sie die Carmen-CD und die hörten sie dann beim Vögeln und die tönte weit über die Donau und immer, wenn Carmen starb, heulte Carmen Rotz und Wasser und die Liebe war dreimal so süß.

Dass Juli krepiere, sagt Carmen, habe sie zu Daniel gesagt nach dem ersten Mal Vögeln.

Aber Daniel, sagt Carmen, war das egal. Daniel war alles egal, Hauptsache, er vögelte, Hauptsache, er hatte Spaß, Hauptsache, er hatte mit nichts etwas zu tun.

Ja, sagt Carmen, so war er und meine Kotzerei ging ihm auch bald auf die Nerven. Da kroch er zurück zu Sabine und die nahm ihn mit offenen Armen, weil sie ihn ja liebte, genau wie ich.

Und so, sagt Carmen, begann das Doppelspiel. Er meinte, ich sei etwas Besonderes, ich mit meinem komischen Spanienland und dass ich nur an der Donau könne und im Auto und Sabine sei das Normale und wisse Bescheid und das gehe in Ordnung und wie Sabine verstehe, müsse sie, Carmen, auch verstehen. Einer wie er brauche beides im Leben, das Normale und das Besondere.

Ich weiß nicht, sagt Carmen, ich weiß nicht, warum Liebe immer weh tut, aber plötzlich konnte ich meine Mutter verstehen und ihre Abstürze in die Liebe und warum sie nie genug bekam. Ich weiß ja jetzt, sagt Carmen, dass es auch schön ist, wenn es weh tut.

Juli träumte vom Fliegen, lief durch die Stadt und träumte vom Fliegen hoch in der Luft, hoch über dem Boden, wie die Vögel so weit und hinein in den Himmel und über die Wolken hinaus und weiter und weiter und müde werden niemals und niemals sich ausruh'n!

Juli träumte vom Fliegen und endlich beschloss sie, es endlich zu tun. Ich fliege, sagte sie zu Carmen, hoch zu Klara. Ich fliege euch davon, sagte sie zu Daniel und allen, die es hören wollten.

Die lachten sie aus. Die Juli, lachten sie, ach, die Juli will fliegen. Wohin denn? Wie denn? Juli! Willst fliegen und fliegen und weißt nicht, wie's geht!

Juli nickte, doch keiner achtete auf sie. Juli nickte. Doch weiß ich, wie's geht!

Juli ging durch die Straßen, langsamen Schrittes, heim in die Wohnung im fünften Stock, hoch zum Dachboden, da sperrte sie auf, da ging sie zur Dachluke, da stieg sie hinaus.

Die Frühherbstwinde wehten, hoben sie hoch, ließen sie fliegen.

Ich bin, sagt Carmen, zu spät gekommen. Ich habe sie nicht mehr fliegen sehen. Als ich kam, lag sie auf der Straße und es regnete auf sie in nieseligen Tropfen, in zarten Striemen und es war, als ob der Regen die Grauschicht abwüsche und die alte Juli zum Vorschein brächte unter dem Graugestell, die Zaubervögelin, ihre schimmernden Augen, ihren roten Mund.

Es muss, sagt Carmen, der Regen gewesen sein, zart und nieselig, und er legte eine Decke über sie, eine klare, eine durchsichtige, und sie würde, sagt Carmen, das wusste ich, niemals mehr frieren.

Juli, hab ich gefragt, sagt Carmen, Juli, meine Juli, hast du den Mond berührt und die Sterne und haben sie dich kühl gemacht und ruhig?

Juli, meine Juli, hab ich gefragt, sagt Carmen, hast du die Wolken gestreift und den Regen geöffnet?

Juli, meine Juli, hab ich gesagt, sagt Carmen, hab ich geflüstert und gebrüllt, Juli, meine Juli, warum und weshalb in den Regen hinein, warum und weshalb nicht geblieben und Träume sind zum Träumen und sonst doch zu nichts!

Als dem Inspektor zu Ohren kam, dass eine junge Frau, ein Kind noch, hineingesprungen sei in das Wehen der Frühherbstwinde, dass sie aufgeknallt sei auf dem Gehsteig neben dem Haus, dass sie nun daliege, geknickt und zerbrochen wie ein Haufen menschlichen Unrats, da packte er wieder einmal die Scharfgeladene und Kollegen Becker – Kollege Ferschner hatte sich versetzen lassen – und fuhr mit ihm los.

Ein großer Kreis hatte sich gebildet, eine Menschentraube, und in der Mitte lag sie, Juli, eine große Wunde, ein Kind noch, kindlicher als kindlich, mit glasklaren Augen, offen und starr.

Der Inspektor schluckte und bückte sich und hob die Hand, um sie ihr zu schließen, und da blickte sie in ihn hinein und durch ihn hindurch und er spürte einen Tränenstrom, der ihn überschwemmen wollte, aber er schluckte ihn zurück in sein Innerstes, schloss ihr die Augen und wandte sich ab.

Schaute dann nach den Rinnsalen ihres Blutes. Wie der Regen sie fortschwemmte, hin zum Kanal, auf die Straße, wo sie sich auflösten im Schwarz des Teers, einsickerten, verschwanden.

In der Nacht riss ein Albtraum ihn aus dem Schlaf. Ihre Augen hatten ihn angeschaut, glasklar und schimmernd, bevor der Deckel ihres Sarges einbrach unter dem Gewicht der klumpigen, nassen Herbsterde und Würmer fraßen sich in ihr moderndes Fleisch und ihr welkendes Gedärm.

Ein Kind noch war sie gewesen und hatte sich fortgebeamt aus ihrer Welt des Abtanzens in die Weite einer anderen Einsicht.

Der Inspektor sprang hoch und zum Fenster, riss es auf, beugte sich hinaus und atmete die Luft, die kalt und feucht war, und endlich überschwemmte ihn der Strom und er weinte sein Polizistenherz frei und klar.

Als die Kälte ihn durchkroch und er zittrig wurde und klamm, schloss er das Fenster und flüchtete sich zurück ins Bett in die Wärme seines Freundes, des Physikers, der schlief wie ein junger Kater, der schnurrend erwachte, der ihn zärtlich tröstete.

Ich weiß nicht, sagt Carmen, was es war, das sie kaputt gemacht hat.

Ich weiß es nicht.

Waren's die Typen, die vielen, die abgefuckten? War's das ständige Sich-Eindröhnen und Hochputschen? Ging ihr die Puste aus und wollte ihr Herz nicht mehr?

Ich weiß es nicht, sagt Carmen.

Sie hat, sagt Carmen, ein Ende gemacht, und wenn man sich den Wind wegdenkt und den Regen, dann hat dieses Ende nichts, wofür man es beneiden könnte, aber gar nichts.

Vielleicht, sagt Carmen, liegt es aber auch an mir, vielleicht, sagt Carmen, bin ich jemand, mit dem man sich nichts anfangen sollte, denn am Ende steht immer der Tod.

Sie sterben wie die Fliegen, sagt Carmen, so leicht, so rasch. Klatsche auf's Honigglas. Patsch. Kommen nie in ein Spanienland. Nie. Nimmer.

Wenn man sich den Regen wegdachte und den Wind, dann hatte die Stimmung durchaus etwas Romantisches. Am anderen Ufer der Donau, am belebteren, schillerten die Lichter ins Wasser, zeugten vom Leben und von der Lust daran.

Carmen aber hatte keine Lust, weder aufs Leben noch auf die Romantik. Frierend hockte sie auf den Steinen, an den Betonpfeiler gelehnt, der ihr zwar

Halt, aber keine Wärme gab. Ein Blasenleiden würde sie sich holen und eine Nierenbeckenentzündung und was es sonst noch an Erfreulichem in der südlichen Körperregion zu holen gab.

Seit Tagen hing sie herum in den Donauauen, unter den Brücken, den Polizeikontrollen wich sie aus, hatte einen siebten Sinn dafür, untertags starrte sie schweigend ins Wasser, ummantelt von einer Aura der Verlassenheit und der Bitternis.

Ihrer Trauer wurde sie nicht Herr und konnte nicht heim und konnte nirgends hin, man würde nichts verstehen und nichts deuten und seit sie den Regen zart und nieselig sich auf Juli hatte legen sehen, verschmelzend zu einer Decke aus Schimmer und Durchschein, unter der sie, Juli, nie mehr würde frieren müssen, seither war auch Carmen auf der Suche nach dieser kostbaren Schicht, die die Kälte aussperren sollte für immer.

Aber nichts sperrte die Kälte aus.

Sie kam und klammerte sich ein in Magen und Gedärm, sie umfasste Herz und Lunge, krallte sich fest mit eisigen Pranken.

Da half der Tee nicht in den Wärmestuben der Stadt und nicht die heiße Suppe und schon gar kein Bett in einem der Zimmer und Kammern der Notschlafstellen, da stellte die Ruhe sich nicht ein und nicht die Stille und darum trieb es sie hinaus an die Donau.

Da fror es sich leichter und das Bild tuckerte fort in den Wellen den Schiffen nach, die vorbeizogen dem Rumänischen zu, das Bild von Juli auf der Straße, eine einzige Blutlache, ein einziger Scherbenhaufen.

Die Idiotin hatte ans Fliegen geglaubt, hinauf in die Luft und an die Wolken. Wollte es Ikarus gleichtun, aber auch Ikarus war abgestürzt, war der Sonne zu nahe gekommen und die hatte ihn geschmolzen zu Federn und Brei und ihr, der Juli, der Idiotin, war nicht einmal das passiert!

Immerhin hatte der Regen sie freigewaschen, hatte das Graugestell geputzt und poliert und kurz war es aufgestrahlt in alter Herrlichkeit, mit Gold durchwirkt und mit Edelsteinen besetzt – Zaubervögelin Juli.

Carmen merkte nicht, dass sie weinte, denn der Regen regnete an ihr herab und machte sie unempfänglich für jedes Empfinden. Sie wusste auch nicht, dass sie nicht nur um Juli weinte, sondern um alle, die sie in ihrem Leben verloren oder niemals besessen hatte, den Spanier, Klara, Steffi.

Ihre Trauer war so groß, dass alle hineinpassten, dass alle hineinmussten, und ihre Trauer war so groß, dass sie sie als Trauer gar nicht wahrnahm, sondern als Schmerz, der ihr Leben im Allgemeinen und im Besonderen umfasste, umzüngelte – ein Wehsein sondergleichen, ein Wehsein ohne Maß.

Geh heim, Mädchen, sagte Joe mit dem mächtigen Bart und den stinkenden Kleidern. Geh heim. Auf der Straße lebst du nicht lang.

Carmen schüttelte den Kopf und wickelte sich fester in die alte Decke, die ihr Joe gegeben hatte.

Ich geh nicht heim, sagte sie, ich geh nicht heim. Ich hab keins. Ich bin Waise, sagte sie, immer schon gewesen. Waise von Geburt an und für immer.

Ja, dachte sie, das war es wohl, das musste es sein, Steffi nicht ihre Mutter, der Spanier nicht ihr Vater, eine Weggelegte war sie und darum keine Liebe. Waise also, Waise von Geburt an und für immer.

Joe schüttelte den Kopf. Du spinnst, sagte er. Du spinnst vollkommen. Ich weiß doch, wo du herkommst.

Denn Joe hatte nicht immer einen mächtigen Bart gehabt und stinkende Kleider. Er hatte Zeiten erlebt, da war es hoch hergegangen mit dem Geld und den Frauen und dem Wein und dem Leben überhaupt und ein Abstecher ins Hammerer-Wirtshaus zur schönen Steffi war ein wöchentliches Muss und ein deftiger Absacker ebenso, und immer scharwenzelte das Kind herum, das fette, und stierte einen durchdringend an mit seinen blöden Augen im fetten Gesicht und diese Augen hatte Joe nie vergessen und diese Augen hatte er sofort wiedererkannt und das ganze Kind rundherum, obwohl es kein Kind mehr war, das Kind, sondern eine junge

Frau, aber nicht wohlgeformt und rund, sondern auf dem Weg zum Strich.

Hier, sagte Joe und reichte Carmen eine Thermoskanne. Trink einen Schluck. Das wird dir guttun.

Sie kippte sich dampfendes Gebräu in den Becher, Tee mit Schnaps vermischt, das wärmte für einen Augenblick, das fuhr in ihren Schlund und brannte wie Feuer und fuhr in ihren Magen und hob ihn aus, aber weil sie nichts gegessen hatte, kam nur die Galle hoch und vor dem gelben Schleim musste sich keiner ekeln.

Joe schüttelte den Kopf und ekelte sich doch. *Der hier*, das wusste er, würde er nichts mehr von seinem Tee geben, da konnte er ihn gleich vor die Säue kippen und dass er schauen werde gleich morgen früh, fortzukommen von hier und von der, weil *die hier* nur Unglück bringe, eine mit solchen Augen und eine mit solcher Kotze konnte nur Unglück bringen, dessen war er nun sicher.

Außerdem pflasterten Leichen ihren Weg, das hatte sie selbst gesagt, wahrscheinlich war sie nicht dicht im Hirn und er, Joe, der sein Leben zwar versoff, aber liebte, würde ab morgen früh mit *der hier* nichts mehr zu tun haben. Die Decke, seine alte, gute Decke würde er ihr lassen als Zeichen seines guten Willens und dass er etwas vorzuweisen hatte, wenn er dereinst vor seinem Richter stand. Wahrscheinlich war sie ohnehin schon vergiftet von *der hier* ihrem Schmerz, von *der hier* ihrem Übel, das *die hier* aus sich herausspuckte, wasserfallartig, kaskadenförmig.

Am Ende war *die hier* vom Teufel besessen, der Weg in die Hölle nur ein kurzer und so packte Joe fluchend sein Zeug zusammen und verschwand in höllischer Eile in die Nacht.

Dass einer angerufen habe, erzählten sie mir im Krankenhaus, sagt Carmen, dass einer gemeldet habe, dass unter der Brücke am rechten Donauufer eine liege und sich die Seele aus dem Hals kotze und sie sollten nach dem Rechten schauen.

Dass sie das dann getan hätten, sagt Carmen, denn aufgewacht sei sie in einem Zimmer mit weißem Licht, das habe durch die Augenlider geschimmert und durch die Schädeldecke und da habe sie kurz geglaubt, angekommen zu sein bei Klara und angekommen zu sein bei Juli.

Dass sie aber bald gemerkt habe, sagt Carmen, dass es ein Pflanz war, ein Superpflanz, denn eine Stimme holte mich herunter aus diesem Himmel, eine Stimme, die ich von irgendwoher kannte und da spreizte ich die Augen und schaute und da war's der Rutschka-Ferry.

Der Rutschka-Ferry war in der Ausbildung zum Krankenpfleger.

Der Rutschka-Ferry machte seine Sache gut und hatte, seiner Einschätzung nach, alle seine Sünden hundertfach abgebüßt, denn was er bereits an Kotze und Pisse und Blut weggeputzt und abgewischt habe, das, meinte er, gehe auf keine Kuhhaut.

Als du mich damals niedergekotzt hast, sagte der Rutschka-Ferry und strich Carmen das Haar aus dem Gesicht, da hab ich dich verflucht, aber bald habe ich gemerkt, dass ich das lieber hätte bleiben lassen sollen, weil nämlich alles zurückkam und sich auf mich warf, auf mich und meine Familie.

Und dann redete er von seinem Vater und seiner Zerbrochenheit und dass immer noch nichts gehe mit seiner Männlichkeit und dass es wohl fürs Leben sei und dass die Mutter viel im Internet surfe.

Und dann redete er von seiner Angst, einem ähnlichen Ereignis anheimzufallen, einem, das auch ihm die Männlichkeit raube und darum unterdrücke er sie, die Männlichkeit, mit einer Vehemenz, die einer Kastration gleichkomme, einer gedanklichen, und nur sie, Carmen, könne ihm zurückgeben, was ihm zustehe. Nur sie. Und ob sie es tue? Und wann? Und wie? Und dass er es für ein Zeichen halte, dass sie ausgerechnet in seiner Obhut gelandet war, nachdem man sie da draußen gefunden hatte, näher dem Tod als dem Leben.

Carmen staunte und war verwirrt und der Rutschka-Ferry strich ihr unentwegt das Haar aus der Stirn und Carmen merkte, dass sie nicht gewusst hatte, dass sie so viel Haar besaß und so viel widerspenstiges und er strich und strich und das war eigenartig im weißen Licht und überhaupt, fand Carmen und ließ ihn nicht aus den Augen.

Aber er wollte ihr nicht wehtun, er wollte auch kein Geld, er wollte Absolution.

Untrennbar fand er sein und seines Vaters Schicksal mit dem der Hammerer verbunden. Scharf wie je stand das Bild vor seinen Augen, der Hammerer-Karl hingestreckt, der Vater hingestreckt, tot der eine, gezeichnet fürs Leben der andere und dazwischen die Steffi, schön wie ein Schmetterling, aber geknickt und des Fliegens nicht mehr fähig.

Der Rutschka-Ferry hatte sofort gewusst, dass es seine Schuld war, seine Verantwortung – es war der Fluch, den er getan hatte, gegen Carmen und die Ihren, aber der Fluch, wie gesagt, kehrte sich um und richtete sich gegen ihn, Ferry, und die Seinen.

Seither war Ferry auf dem Sühnetrip, seither beschritt er die Wege eines Abbittenden, eines Geduckten, dem das Geduckte übergegangen war ins Blut und den das große Zittern überkam, wenn ihn ein lautes Wort ereilte oder ein ungeduldiger Blick traf.

Nun saß er also an Carmens Bett und die ließ ihn nicht aus den Augen, während er ein ums andere

Mal ihr Haar, das widerspenstige, aus ihrem Gesicht strich. Per Zufall hatte es sich ergeben, dass sie da gelandet war auf seiner Station, dass er Dienst getauscht hatte mit einem Kollegen ausgerechnet in dieser Nacht, aber was hieß *Zufall*, nichts anderes als *Schicksal*, geschickt und zugefallen einem, der's brauchte.

Sie hatte kaum mehr Ähnlichkeit mit der Carmen von damals, mit der Carmen-in-der-Schule, mit der Carmen-im-Wald, trotzdem hatte er sie sofort erkannt und wich nicht mehr von ihrer Seite. Später würde man ihm das als übergroße Aufopferungsbereitschaft auslegen und der Stationsarzt, der ein Bekannter seiner Mutter war, würde in einer ruhigen Stunde ihr, der Mutter, von seinem Mut berichten, alle eigenen Bedürfnisse hintan zu stellen und sie, die Mutter, würde aus dem Staunen nicht mehr herauskommen und im Geheimen der Steffi danken, deretwegen sich alles zum Besseren gewendet hatte.

Ihr Mann, der Herbert, der Doktor Rutschka, war ein Stubenhocker geworden, ein In-sich-Gekehrter, einer, der ihr, seiner Ilse, ständig Danke sagte für alles und nichts, fürs Waschen und Bügeln seiner Unterhosen, fürs Kochen seiner Mahlzeiten, fürs Tätscheln seines Bauches allabendlich im Bett, denn mehr ertrug er nicht mehr, mehr *durfte* nicht sein, weil mehr nicht mehr sein *konnte*.

Danke, Ilse, sagte er dann leise jeden Abend, wenn sie ihn zu Bett gebracht hatte. Danke, meine Ilse, meine Liebe. Gehst du noch aus dem Haus?

Meistens sagte sie nein. Nein, Herbert, ich bleibe bei dir, das weißt du doch. Ruf mich, wenn du was brauchst.

Manchmal aber sagte sie ja. Ja, ich geh ins Citycafé.

Da traf sie ihren Bekannten, den Stationsarzt, und von ihm holte sie sich, was sie brauchte.

Die Wohnung des Stationsarztes war nicht weit vom Krankenhaus entfernt und so hatte sie auch Ferry im Auge und in ruhigen Stunden ließ sie sich von ihm erzählen, von seiner aufopfernden Art und dass er sich förmlich darum riss, jede Kotze wegzuputzen, jede Pisse, jeden Eiter, und staunend dachte sie: Danke, Frau Hammerer, danke und begann den Apfelstrudel zu vermissen und die Sacher, obwohl die ihr eigentlich immer zu schwer gewesen war, und als die Sehnsucht nach den Köstlichkeiten zu groß wurde, schickte sie eine Freundin los und kredenzte die Sacher schließlich ihrem Mann mit einem ordentlichen Häubchen Schlagobers. Er kostete einen Bissen, dann schaute er sie an mit seltsam verschwommenem Blick, schob die Torte von sich und sagte mit tränenerstickter Stimme: Nein, Ilse, nein. Ich kann nicht mehr. Das ist zu viel. Und verfügte sich umgehend auf die Toilette und die Geräusche, die durch die Tür drangen, waren unverkennbar Geräusche der Reue.

Da konnte Ilse sich eines Lächelns nicht erwehren, wusste, diese Probe war bestanden, probierte nun selbst die Sacher und fast zerging sie ihr auf der Zunge. Staunend wunderte sie sich, warum sie ihr jemals zu schwer gewesen war und putzte sie weg wie nichts.

Ich hatte den Rutschka-Ferry im Genick, sagt Carmen, seit der Sache mit dem Krankenhaus hatte ich den Rutschka-Ferry im Genick und er wich nicht mehr von meiner Seite und ich wurde ihn nicht mehr los.

Da hatte ich gedacht, sagt Carmen, es sei alles vorbei, aber dann merkte ich, es ist nie alles vorbei.

Er hängte sich an mich wie eine Klette, wie eine Dogge mit dreihundert Kilo Lebendgewicht, und kläffte mir jeden Tag ins Gesicht, dass ich ihn befreien solle von seiner Schuld und befreien und befreien und befreien.

Ich habe mir, sagt Carmen, manchmal gedacht, ich schicke ihn ins Wasser und das wäre die Sühne oder ich schicke ihn auf den Berg und dann in den Wind und auch das wäre die Sühne, aber letztendlich wusste ich, dass ICH die Sühne sein musste, ICH, sagt Carmen, letztendlich wusste ich das und irgendwann dachte ich, gut, egal, bin keine Heilige, bin Steffis Tochter und was Steffi kann, kann ich auch.

Und also ließ ich ihn, sagt Carmen, und er rammelte und rammelte und dann fiel er herunter von mir wie ein Sack und kurz war er wie tot und ich dachte, hurra, noch eine Leiche ervögelt, hurra und musste fast lachen.

Aber dann stand er auf, stapfte zum Fenster, heizte eine Kippe in affenartiger Geschwindigkeit und währenddessen starrte er mich an, immerzu, wie ich dalag mit offener Bluse und hochgeschobenem Rock.

Dann, sagt Carmen, kam er her zu mir und strich mir das Haar aus dem Gesicht, das widerspenstige, und strich mit seiner Zunge meine Schenkel hoch und rund um meinen Bauchnabel und murmelte ganz leise in meinen Bauch hinein, dass das für seinen Vater vielleicht auch das Richtige wäre, diese Therapie – ein bisschen die Steffi, aber nicht ganz die Steffi, und ob sie noch koche, die Steffi, und ob ich mir das vorstellen könne – der Vater nämlich könne!

Sagt Carmen. Und dass sie dann kotzen musste. Aber dringend. Aber hopp.

Julis Grab war ein schlichter, kleiner Hügel. Carmen hatte ihn bepflanzt mit bunten Stiefmütterchen, die blühten im Frühling und im Sommer loderte ein Rosenstock und im Herbst setzte sie Astern ein und im Winter ließ sie den Schnee alles zudecken.

So schnell, wie sie gekommen waren, verschwanden die Seelichs aus Carmens Leben, das Magische verschwand mit ihnen und das Licht und das Spanienland erst recht.

Carmen sagte: Geh nicht, Daniel. Geh nicht!

Aber Daniel ging und das Heer machte einen ganz anderen Menschen aus ihm, einen akkuraten und ordentlichen, einen zackigen und geraden und vielleicht rettete ihn das Heer. Aber nicht für Carmen.

Die Haube überm Wirtshaus begann zu verglühen. So rasch, wie sie aufgestrahlt war, erlosch ihr Glanz und mit ihr die Wirtin. Sie hatte sich überkocht und überarbeitet, überliebt und überlebt und es blieb ihr nichts.

Das *Mensch*, das verfluchte, haute ab, wann immer es ihr passte, trieb sich herum, kam nicht heim, nie wusste man, wo sie war.

Ach, Carmen, ach, sagte Steffi schon lange nicht mehr und über dem Wirtshaus hing kein glänzender Himmel und ein Sternenbogen schon gar nicht und keine sagenhaften Gerüche drängten mehr hinaus aufs Donauwasser.

Die alte Vettel war ins Altenheim verzogen und die Schwägerin sah mit Schadenfreude, wie Steffi verlosch, wie Busen und Hintern schwer wurden und ihr Gesicht zu einer Maske verkam, einer kunstvoll ausgemalten.

Der Patina des Älterwerdens konnte sie sich nicht widerspruchslos hingeben, sie übertrieb, wie sie alles in ihrem Leben übertrieben hatte, sie trimmte sich auf jugendlich und prachtvoll und übersah den natürlichen Glanz, der sich eingestellt hätte, den sie aber nicht zuließ.

Das Wirtshaus hat dir kein Glück gebracht, sagte die Schwägerin zufrieden, du wirst alt wie wir alle und hinaussterben wie wir alle. Du hast zu schnell gelebt, sagte die Schwägerin, hast nur an dich gedacht und das fällt dir jetzt auf den Kopf und da scheißen sie dir jetzt alle drauf!

Steffi schwieg und ließ die Alte reden. Steffi schwieg und kochte, aber es kochte sich nichts mehr von selbst und es gelangen keine Wunder mehr.

Nun gut, dachte sie schließlich trotzig, dann sterbe ich halt hinaus und dachte an die erste Frau, die noch immer allem widerstand, dem Leben und dem Sterben, während der Hammerer in seiner Grabstatt schon längst zerfallen war.

Als dann die Donau kam in der Nacht, sagt Carmen, als die Donau hineinkroch ins Wirtshaus durch Ritzen und Öffnungen, Türen und Fenster, als sie nichts an seinem Platz ließ, als nichts niet- und nagelfest genug war, als alles schwamm und stürzte und die braune schlammene Brühe, zu der die Donau geworden war, sich festsetzte und einsaugte und stieg und stieg, dachte meine Mutter für eine kurze Weile, dass es nun wohl so weit wäre, dass sie sterbe, aber nicht hinaus, sondern hinein ins Wasser, dass sie nun also nicht nur ihr Haus verliere, sondern obendrein tatsächlich ihr Leben.

Die Feuerwehr hatte vorgewarnt. Über die Uferstraße kommend, die gerade noch passierbar war, waren sie vorgefahren, in Uniformen entstiegen sie der Karosse, drei an der Zahl, sie kamen gemessenen Schrittes ins Haus, sie räusperten sich und sagten, die Donau werde kommen.

Sie sprachen von den ungeheuren Regenfällen der letzten Tage, vom stetig steigenden Wasserpegel und dass überall im Land die Flüsse übervoll und daher übergegangen und kleine Bächlein zu reißenden Strömen geworden und zahlreiche Dörfer und Städte bereits untergegangen seien.

Sicherlich habe sie, Steffi, Zeitung gelesen und Fernsehen geschaut und darum ahne sie ja wohl, was bevorstehe, nämlich, dass jetzt die Donau komme. Und dass sie in Sicherheit bringen solle, was wert wäre, in Sicherheit gebracht zu werden, die Dinge des alltäglichen Lebens beispielsweise und Wertgegenstände und Dokumente und Fotos, alles, was unwiederbringlich sei und für alle Zeit verloren; letztendlich sich selbst und die Tochter, so sie da sei, und man wäre gekommen, um zu helfen, was denn nun zu tun sei.

Steffi strich sich die Haare aus der Stirn, nickte und nickte, aber sagte, nein, Hilfe sei nicht nötig, was zu tun sei, werde getan, helfen könne man dabei jedoch nicht.

Aber danke. Sehr nett.

Und man solle doch einmal kommen, wenn sie, Steffi, Besonderes gekocht habe, dann könne sie sich revanchieren. Ein Schnäpschen gefällig?

Die Männer runzelten die Stirn, zweifelten an Steffis Verstand und gingen.

Steffi setzte sich ans Fenster und blickte der braunen Flut entgegen, während es unentwegt regnete. Das Wasser kam langsam, aber stetig, es kam ohne Lärm und Getöse, und Steffi schaute ihm entgegen, schaute ihm zu, wie es stieg, Meter um Meter.

Steffi wartete auf Carmen, aber die ließ sich Zeit und als sie endlich kam, war die Donau schon fast am Haus.

Zwei Tage hatte es gedauert. Zwei Tage lang war sie über die Wiesen gekrochen und hatte die Bäume umleckt, dann schmierte sie sich die Straße entlang und dann kam sie ins Haus, ein ungebetener Besucher, ein unangenehmer Gast, kalt und nass, raffgierig und zerstörerisch.

Als ich kam, sagt Carmen, war die Donau schon über dem Ufer und auf den Wiesen, aber immerhin noch ein paar Meter vom Haus entfernt.

Als ich kam, sagt Carmen, saß meine Mutter am Fenster und starrte hinaus in den Regen. Nichts war geschehen, keine Sandsäcke ums Haus, keine Fenster und Türen abgedichtet. Nicht einmal die Stühle und Tische im Gastgarten waren fortgeräumt und angekettet. Nicht einmal die Tischdecken auf den Tischen im Gastgarten waren abgenommen. Nicht einmal die Salzstreuer auf den Tischtüchern auf den Tischen im Gastgarten waren fortgeräumt.

Als ich kam, sagt Carmen, saß meine Mutter am Fenster, sie trug hochhackige, glänzende Stiefel und einen Mantel, den ich noch nie gesehen hatte, sie hatte Lippenstift aufgetragen und war offenbar dafür gerichtet, rasch fortzukommen.

Als ich kam, sagt Carmen, drehte sie sich zu mir und sagte: Endlich. Endlich bist du da.

Ich ging zu ihr hin und legte ihr die Hand auf die Schulter und wir schauten uns an und für ganz kurz, für winzig kurz, waren wir eine Seele.

Dann rannten wir durchs Wirtshaus auf der Suche nach nichts, wir wussten nicht, was wir suchen sollten. Wir wussten auch nicht, würden wir es verlieren, das Wirtshaus, oder nicht, würden wir alles verlieren oder nichts, würde die Donau noch zehn Meter steigen oder keinen einzigen.

Wir wussten nichts, sagt Carmen, gar nichts, weniger als nichts, aber es war komisch, für mich war es das erste Mal Heimat.

Steffi stand in der Küche und blickte sich um und plötzlich sagte sie leise: Ach, Carmen, ach.

Da wusste ich, sagt Carmen, dass sie doch meine Mutter ist und meinen Namen kennt und ich keine Angenommene bin und dann musste ich an den Doktor Rutschka denken und seinen weißen Arsch in der hinteren Vorratskammer und beinahe hätte ich zu lachen begonnen und ich kann schwören, dass es Steffi ebenso erging, aber dann kam mir der Hammerer in den Sinn und das Lachen blieb mir im Hals stecken und rasch dachte ich weiter, zurück zum Anfang, Steffi im cremefarbenen Kleid und der Hammerer im schwarzen Anzug, während der Regen donnerte und der Spanier sich ein neues Plätzchen suchte, weg vom Mond auf die Sonne oder den Mars und dass das niemals richtig geklärt wurde. Die Straßenlaternen schwankten in den Nebel und es war so heiß, dass die Nässe am Teer verdampfte und es war so lange her, dass ich nicht mehr sicher war, ob all das stimmte, ob all das jemals geschehen war.

Und dann, sagt Carmen, stand plötzlich der Knollmann vor uns.

Er sagte: Steffi, ihr müsst weg, und Steffi blickte hoch und schaute ihn an und ich wusste, sie sah ihn zum ersten Mal.

Sie?, fragte sie, Herr Knallmann?

Und er sagte: Nein. Und grinste. Nicht Knall- .

Und sie sagte: Ich weiß. Knollmann. Knoll- wie die Knolle, nicht Knall- wie die Knalle.

Konrad, sagte er, Konrad und in sein Gesicht trat eine Zartheit, die ich noch nie an ihm gesehen hatte.

Ach, sagte sie neckisch, Konrad also, dann weiß ich das jetzt auch.

Sie lächelten sich an, sagt Carmen, und plötzlich leuchteten sie, denn plötzlich liebten sie und dann kam die Donau.

Sie kam in der Nacht und ergriff allmählich Besitz.

Zuerst vom Gastgarten und seinen Möbeln, nicht von den Tischtüchern und nicht von den Salzstreuern, die hatten sie doch noch abgeräumt, denn sobald der Knollmann aufgetaucht war, war in Steffi neues Leben erwacht und sie packte an, dass die Funken flogen.

Aber viel konnte nicht mehr geschehen. Die Möbel würden schwimmen, das Geschirr würde schwimmen und die Vorräte ebenso.

Aber es war Steffi egal.

Ich bleib nicht mehr, sagte sie, in diesem Haus. Es hat mir kein Glück gebracht, nie hat es mir Glück gebracht. In einem Haus, sagte sie, in dem sich die Mauern ansaufen mit der Donau, kann ich nicht bleiben. So ein Haus, sagte sie, kriegst du nie wieder trocken. Die Donau, sagte sie, bleibt dir in den Wänden und in den Knochen, da kannst du tun, was du willst.

Längst war im Haus der Strom ausgefallen, sie hantierten mit Taschenlampen, während das Wasser schneller stieg als erwartet und die unheimliche Schwärze das Rauschen des Regens und der Fluten im und ums Haus verstärkte.

Fahren wir, sagte Steffi. Fort mit uns.

Sie raffte ihre Sparbücher zusammen und ihren Schmuck und alles, was sie an Dokumenten für wichtig hielt, schließlich Kleider und Schminke, befahl Carmen dasselbe zu tun in höllischer Geschwindigkeit, und als sie alles eingeräumt hatten in das Auto, das hinter dem Haus stand, geschützt vor der Flut auf der Anhöhe auf dem Feldweg, da drückte Steffi der Tochter die Lampe in die Hand, zog aus ihrer Handtasche Taschenspiegel und Lippenstift und schminkte sich die Lippen, sorgfältig und genau, wie sie es Zeit ihres Lebens getan hatte.

Dann wandte sie sich in die Richtung, wo sie das Wirtshaus erahnte, starrte sekundenlang in die Schwärze, nahm Abschied, stieg ins Auto und sagte: Fahr. Konrad, fahr.

Konrad startete das Auto und versuchte zu wenden. Aber nichts ging mehr, er steckte fest im nassen Untergrund des Weges, im rutschigen Morast, im Dreck.

Fluchend versuchte er ein ums andere Mal, das Auto von der Stelle zu bekommen, aber umsonst. Der Motor heulte auf und der Wagen ritterte sich immer tiefer in die aufgeweichte Erde.

Scheiße, sagte Konrad aus ganzem Herzen, verdammte Scheiße. Wir stecken fest.

Und so war es. Und blieb es. Bis zum Morgen.

Da hatte es aufgehört zu regnen. Sie saßen im Auto und hatten nicht geschlafen, die Scheiben waren beschlagen, im Kofferraum türmten sich Schachteln und Koffer und allmählich tauchten im fahlen Morgenlicht die gespenstischen Umrisse des Wirtshauses auf, wie es bis über den ersten Stock hinaus im braunen Donauwasser verschwunden war und wie alles rundherum ein riesenhafter brauner See war, eine einzige Kloake.

Bäume ragten heraus, niedrig und kurz, wie Sträucher nur und die Linden über dem Wirtshaus hatten ihre Kronen geneigt und duckten sich in den Windschatten des abgesoffenen Hauses.

Steffi stieß einen Schrei aus, Carmen schluckte und Konrad bekreuzigte sich.

Fort, sagte Steffi, fort, auf der Stelle!

Sie stieg aus, marschierte den Feldweg hinauf, drehte sich nicht einmal um.

Nein, sagt Carmen, nicht ein einziges Mal. Sie wollte nicht zurückblicken in ihre Vergangenheit, denn im Haus, im Wirtshaus, war ihre Vergangenheit und das Wirtshaus war in der Donau versunken und ihre Vergangenheit also auch.

Sie wollte, sagt Carmen, keine Vergangenheit haben, die in der Donau begraben lag, die in der Donau dahindümpelte, abgetakelt und lau, und darum blickte sie nicht zurück.

Sie wollte nur noch Zukunft und sie wollte diese Zukunft irgendwo, IRGENDWO, nur nicht hier, nur nicht im abgesoffenen Hammerer-Wirtshaus, nur nicht an der Donau, denn auf die war sie beleidigt, um nicht zu sagen angefressen, enorm angefressen, denn ein Klacks, sagt Carmen, ist das mit dem Hochwasser nicht gewesen, im Gegenteil, das war ein Knaller und ein enormer dazu.

Aber der Knollmann, der Konrad, stand ihr zur Seite, sagt Carmen, wenn der nicht gewesen wäre, ich weiß nicht, also ich weiß es wirklich nicht.

Der kümmerte sich um alles, der ging ins Wirtshaus, nachdem das Wasser zurückgegangen war, der holte sich den Schock, der eigentlich unserer hätte sein müssen, meiner und Steffis, den Schock darüber, was die Donau zurückgelassen hatte im Haus und ums Haus herum.

Zu einer grauen Mondlandschaft war alles verkommen, sagt Carmen, der feine Donausand verdichtet mit Wasser und Schlamm zu gigantischen Massen von grauer Mondlandschaft.

Stühle ragten heraus, drinnen wie draußen, Tische und andere Möbel und in der Küche war das Geschirr wie einbetoniert und wenn man suchte, wenn man Löcher grub in die Mondlandschaft und suchte, fand man Säcke mit Nudeln und Karotten wuchsen aus dem Boden und Kartoffeln, als wäre es nie anders gewesen, als müsste es so sein.

Und Steffi, sagt Carmen, stand am Rande des Unglücks mit Spiegel und Lippenstift, violett wie der Himmel vor dem Untergang, eine Monstranz inmitten der Vergänglichkeit.

Seit dem Hochwasser kam der Doktor Rutschka zu Carmen zur Therapie.

Seit dem Hochwasser war bekannt, dass Steffi sich etwas angefangen hatte mit dem Lehrer Knollmann und seit dem Hochwasser hatte der Doktor Rutschka seine Hoffnung – so er noch eine gehabt hatte – aufgegeben, jemals wieder in Steffis Schoß sein Glück zu finden.

Denn nach dem Hochwasser war Steffi in die Bank gekommen, in der der Doktor Rutschka schon längst wieder ein großer Macher war, hatte ein Gespräch unter vier Augen verlangt und er hatte es ihr gewährt mit weichen Knien und feuchtem Blick und einem Gefühl, als hätte ihm jemand den Magen herausgekickt und alles, was er je an Speisen verzehrt hatte, die unter ihren verzauberten Händen entstanden waren.

Deine Schulterkuhle, flüsterte es in ihm, Steffi, deine Schulterkuhle war kühl und warm und weich zugleich und die Nähe deines Herzens ein unversiegbarer Jungbrunnen, wie also, Steffi, flüsterte es in ihm, wie also konnte ich mich gehen lassen, Steffi, weg von dir.

In deinen Apfelstrudeln hätte ich mich suhlen sollen, Steffi, meine Steffi, und in den Sachertorten, aber letztendlich, meine Steffi, flüsterte es in ihm, meine Steffi, meine Liebste, letztendlich hat die Linie deiner Hüften mich umgebracht und der Duft deines Busens mir den Atem genommen, mich zu Boden geworfen, und, Steffi, meine, letztendlich war ich dir nicht gewachsen, meine Liebe, meine Steffi, du gibst zu viel und nimmst zu wenig und am Boden, meine Steffi, liege ich immer noch.

Ja. So war es. Und alle wussten es. Ferry, Ilse, die alte Vettel, die Schwägerin. Steffi als Gesamtereignis hatte den Doktor Rutschka um den Verstand gebracht, Steffi als Naturgewalt hatte ihn geknickt und geknackt, zermalmt und zerbröselt.

Was aber niemand wusste, was neu war und was kaum jemand je wissen würde, war, dass Steffi dem Doktor Rutschka Carmen übertrug zum Draufschauen und Aufpassen, dass sie ihm ihre Tochter überließ, quasi als Vermächtnis.

Sie braucht, sagte Steffi im Refugium, sie braucht ein Zimmer. Sie hat keins mehr. Richte ihr eins ein. Das Wirtshaus ist eine Mondlandschaft. Da ist kein Bleiben mehr. Tu es der alten Zeiten wegen.

Sie verstummte, schloss die Augen, währenddessen verschlang er hungrig ihr Gesicht.

Ich weiß nicht, wo sie jetzt lebt, fuhr sie fort, auf der Straße, irgendwo. Nur dass sie ein Zimmer hat. Ich, Herbert, ich gehe weg, mein lieber Herbert, mein Herbert-Kind, ich kann mich nicht mehr kümmern und sie will auch nicht, dass man sich kümmert, Herbert, mein Herbert, sie ist achtzehn und wer weiß, ob es ein Wiedersehen –

Wieder verstummte sie für eine Weile, dachte an die Tochter. Manchmal in jenen durchkochten Nächten, wenn sie von den Traurigkeiten durchdrungen gewesen war wie von spitzen Schwertern, hatte sie sich an ihre Beine geschmiegt wie ein Flederwisch, wie ein Bodentuch, hatten ihre Augen sie angeschimmert wie dunkler Wintertee. Trotzdem war sie fremd geblieben Zeit ihres Lebens, fremd wie ein Tier, dem es nicht gelungen war, sich in ihr Herz zu stehlen.

Wer weiß, sagte Steffi, wer weiß, wie es gewesen wäre, wenn ich einen Jungen gehabt hätte. Herbert, mein Herbert, mein Herbert-Kind. Einen von dir, mein Herbert, wir beide einen Jungen, gesegnet vom Himmel und von allen, einen Jungen, wir beide. Wärst du dann bei mir geblieben? Hättest du dann die Ilse gelassen, die Blondmaus? Mein Lieber, mein Liebster, hättest du?

Und sie kam ihm ganz nahe, dem Rutschka, dem Doktor, so nahe wie eh und plötzlich schoss Blut ein und die Hose wurde ihm eng und er stöhnte und krümmte sich und sie sah es und ging. Mein liebster Herbert. Wer weiß, ob ich dich –

Er blieb allein mit der Bescherung in der Hose und der Ansturm seines so plötzlich wiedergekehrten Triebes war so gewaltig, dass es ihn fast umflatterte, dass es ihn fast umblies, und er hatte das Gefühl, man jage ihm sein Gehirn aus dem Kopf und hinunter in den Schwanz und kurz fürchtete er um seinen Verstand.

Das Refugium jedoch, das als Refugium in dem Sinne lange nicht gebraucht worden war, nur als Ruheraum im engsten und wahrhaftigsten Sinne, weil Geld den Doktor Rutschka lange Zeit nur endlos müde gemacht hatte, sonst nichts, nur müde und er dann oft geruht hatte in diesem Ruheraum; dieses Refugium also verwandelte sich zurück in das, was es gewesen war, in einen Raum der Ekstase, in den Steffi angerückt war, sobald ihr Handy geläutet hatte, in dem sie sich Herz und Seele aus dem Leib gevögelt hatten, leidenschaftlich, besessen, Herz und

Seele, bis der große Crash ihre Liebe zu Tode geworfen hatte.

Ein Raum der Ekstase wurde das Refugium nun also wieder, einer einsamen Ekstase jedoch. Vorerst.

Der Schwanz des Doktor Rutschka funktionierte wieder und sobald er sich gebärdete und das geschah jetzt oft und auch oft ohne Vorwarnung als mittelgradige bis hochnotige Peinlichkeit, marschierte der Herr Bankdirektor gerade und aufrechten Kopfes, so sein Handicap ihm dies noch ermöglichte, so sein Handicap dies noch zuließ, ins Refugium, sagte zur Sekretärin, dass er um keinen Preis der Welt gestört werden dürfe und erleichterte sich.

Die Sekretärin, ein steiler Zahn und als solcher vom Doktor Rutschka eingestellt, hatte Fantasie und vor allem ahnte sie einiges über die Fantasie ihres Chefs und so begann sie bald, ihm beim Erleichtern zu helfen.

Ganz vorsichtig am Beginn, fast wie zufällig, und bald stellte sich heraus, dass sie eine Könnerin war auf dem Gebiet des Erleichterns und der Doktor Rutschka bekam das erleichternde Gefühl, dass seine Sekretärin ihm das Erleichtern so leicht machte, dass es das Leichteste auf der Welt schien und er dabei fast abhob.

Außerdem besorgte der Doktor Rutschka Carmen eine Dreißig-Quadratmeter-Garçonnière im

Haus gegenüber der Bank und dann wurde sie seine Zusatztherapeutin.

So nannte er es, sagt Carmen, und dass meine Mutter ihm die Obsorge übertragen habe, bevor sie fort sei mit ihrem Neuen, diesem lächerlichen Tropf, und dass er meiner Mutter verbunden sei fürs Leben und dass er es letztlich für sie tue und nur für sie und sie, Carmen, müsse ihm schon dankbar sein, ein wenig, gar nicht viel, ein wenig halt.

Außerdem würde sie viel lernen und was sie denn nun sage und er, wie gesagt, sei der Herbert und er freue sich und was sie denn nun sage und ihre Mutter sei eine tolle Frau und er sei durchaus bereit, ihr, Carmen, zu helfen, ebenfalls eine solche zu werden.

Die Anlagen, wie gesagt, seien ja da und es wäre ihm eine Ehre und was sie denn nun sage und sie solle doch endlich etwas sagen.

Aber, sagt Carmen, ich sage grundsätzlich nicht viel und dass ihn das ein wenig irritiert habe, den Doktor Rutschka, äh, den Herbert, was ihr jedoch egal gewesen sei, und dass das Wiedersehen mit dem nackten Doktor-Rutschka-Arsch keinesfalls ein Aha-Erlebnis gewesen sei, eher das Gegenteil.

Und dass da eine Sehnsucht gewesen sei, immer, eine, die einer wie der Rutschka oder der Ferry niemals stillen konnte.

Und dass Steffi wahrscheinlich nach ihrem Spanienland suche, aber dass sie keines finden werde, denn für eine wie sie gebe es so etwas wie ein Spanienland nicht, denn eine wie sie hätte ihre Träume verkocht und verbraten und sie seien hinaus in die Höhe, den Rauchschwaden nach.

Der Knollmann, sagt Carmen, hatte gekündigt und alle, die ihn kannten, erklärten ihn für grenzdebil. Sechs Jahre vor der Pension und dann kündigen, fix angestellt in sicherer Position, so einem musste das Hirn herausgeblasen worden sein.

Aber, sagt Carmen, der hatte plötzlich eine Hoffnung und war erblüht wie ein junger Kirschbaum und fast hätte ich ihn nicht mehr erkannt, denn eine Hoffnung hatte der vorher nie gehabt. Und dass sie einem wie ihm ihre Sehnsucht vielleicht erklärt hätte. Einer wie er, sagt Carmen, einer, der immer ohne Hoffnung war, so einer hätte ihre Sehnsucht vielleicht verstanden und so einen hätte ihre Sehnsucht vielleicht berührt.

Der Inspektor und sein Freund hatten geheiratet. Inoffiziell.

Auf den Fidschi-Inseln und ohne Zeugen und nur für sie beide und so, dass es sonst keiner wusste.

Was dem Inspektor wichtig war. Dem Freund nicht.

Aber dem Inspektor. Wegen des Berufs. Und überhaupt. Und die Eltern lebten in der Stadt. Und zwei Brüder. Und der eine hatte vor vier Wochen Witze gerissen über Schwule und da war der Inspektor ganz schnell ganz steinalt geworden.

Der Freund nicht. Der Freund war jung und hatte einen sehnigen hübschen Körper und ein glattes hübsches Gesicht und einen kurzen hübschen Namen und ein hübsches Einkommen.

Der Freund war Physiker und als solcher sehr gefragt und als solcher kam er weit in der Welt herum und konnte den Inspektor hin und wieder mitnehmen, wenn der sich von seiner Inspektorei freinehmen konnte.

So waren sie also vier Wochen auf den Fidschis gewesen, vier freie, unbeschwerte Wochen, Flitterwochen, abgeschnitten von der Welt und allem, was darin geschehen war. Eine Hochzeit unter Palmen an einem exotischen Strand, davon hatte der Inspektor bereits als Kind geträumt.

Dem Physiker war es recht gewesen, er war nicht nur Physiker sondern auch Romantiker und er sah es als Zeichen wachsender Bekenntnisbereitschaft seitens des Inspektors.

Er wusste von den Ängsten und Fegefeuern, die der Inspektor in sich trug, anfangs war er amüsiert gewesen, mittlerweile trug er es mit stoischer Gelassenheit. Es würde kommen, wie es kam. Unbeeinflussbar war die Welt und unverbesserlich.

Ein letzter Kuss, eine letzte Berührung auf der Flughafentoilette nach dem Einchecken, dann stiegen sie ins Flugzeug und die Welt hatte sie wieder.

Ein Ehepaar aus Berlin saß mit in der Reihe, das wusste von den Hochwasserkatastrophen überall in Europa zu berichten und sofort spürte der Inspektor, wie ihm der kalte Wind des Inspektorenlebens wieder ins Genick blies.

Auch die Donau war gekommen, wussten die Mitreisenden, auch an der Donau hatte es *Land unter* geheißen und sie erzählten von Tragödien, die unvorstellbar waren, von Menschen, die alles verloren hatten und nur mit Leib und Leben davongekommen waren.

Dem Inspektor blieben Augen und Mund offen, er dachte an das Hammerer-Wirtshaus, an die Wirtin und die lauen Sommernächte in ihrem Gastgarten und die *besonderen Speisen*, die sie ihm kredenzt hatte nach ihren besonderen Traurigkeiten, die, verkocht und verbraten, wohlig seinen Magen füllten.

Er dachte an Steffi Hammerer, wie sie genüsslich umgerührt hatte in seinen Fegefeuern, seinen Ängsten und Verzweiflungen, trotzdem hatte er sie geliebt auf eine Weise, die er eigentlich nicht verstand.

Sie hatte gespürt, dass bei ihm nichts zu holen war, sie war seiner Schwulheit sofort auf der Spur gewesen und hatte ihm das Gefühl gegeben, dass seine Schwulheit ihr wohl tat, weil sie sich ausruhen konnte und nicht trachten musste, ihn zu beeindrucken, weil er ohnehin nicht zu beeindrucken war von der rauschenden Fülle ihrer ansonsten überaus beeindruckenden Weiblichkeit.

Verwirrt und in Gedanken nahm der Inspektor die Hand seines Freundes und presste seinen Mund darauf und er dachte an die paar Meter, die das Hammerer-Wirtshaus von der Donau trennte und er dachte an das Umrühren in seinem Fegefeuer, das Steffi so genossen hatte, und daran, dass sie ihm sehr kühl auseinandergesetzt hatte, dass er allzu jungen Kerlen abschwören musste, um beruflich und überhaupt überleben zu können.

So gesehen war sie die Stifterin seiner Ehe und so gesehen musste man sie zur Patin und zur Schutzpatronin seiner ehelichen Gemeinschaft erheben.

Auch der Freund war jung, aber eben nicht zu jung und er roch so gut, so gut wie Steffis besondere Speisen.

Noch ein wenig verwirrter strich der Inspektor dem Freund über das Gesicht, zog ihn zu sich heran und küsste ihn, völlig vergessend, wo er sich befand.

Der Freund grinste und staunte, was die Nachricht über ein Hochwasser alles bewirken konnte, und zuckte mit den Schultern, als er die konsternierten Blicke des Berliner Ehepaares bemerkte. Wir haben geheiratet, sagte er. Wir kommen aus den Flitterwochen. Unsere Liebe ist sehr jung. Sie verstehen?

Und grinste und fragte: Etwa nicht?

Als sie in Wien landeten, ihr Gepäck vom Förderband geholt hatten, in die Halle kamen und sich auf einen Kaffee in ein Restaurant setzten, da geschah das Unwahrscheinlichste, das Unlogischste, das Zufälligste: Steffi und ihr neuer Gefährte liefen ihnen über den Weg.

Sie hatten gebucht für Amerika. Sie hatten alle ihre Ersparnisse zusammengeworfen auf einen Haufen und da war der Haufen gar nicht so klein und da hatten sie Kalifornien ins Auge gefasst.

Alles Gepäck war nun aufgegeben, alle Weichen gestellt, da wollte man sich noch einmal einen österreichischen Kaffee gönnen, zum Abschied und dann fort und hinaus, wenn möglich für immer.

Und dann geschah das Unwahrscheinlichste, das Unlogischste, das Zufälligste: Der Inspektor und sein Freund liefen ihnen über den Weg, besser, saßen in ihrem Blickfeld, unübersehbar, baff und erstaunt.

Der Inspektor sprang auf und begann mit den Armen zu winken und schüttelte den Kopf und Steffi stand starr und staunte und hielt das Bild für eine Erscheinung, aber da sie sich nicht in der Wüste befanden, sie auch nicht mehr Hochsommer hatten und also kaum eine Fata Morgana möglich war, musste er es sein, der Inspektor – und er war es.

Das Wirtshaus, sagte Steffi, als sie schließlich beieinander saßen, das Wirtshaus ist untergegangen bis zum Giebel und alles ist geschwommen und wo meine Gastgartenmöbel hingekommen sind, weiß ich nicht. Wahrscheinlich, sagte sie, sind sie in Rumänien gelandet und irgendwann wird einer sie sich herausfischen und neu streichen und sich eine Gastwirtschaft damit einrichten.

Sie lachte, aber nicht sehr lustig, schaute den Physiker an und meinte: Sie kenne ich aber noch nicht. Sie hat er mir vorenthalten.

Das ist mein Mann, sagte der Inspektor und räusperte sich ein bisschen verlegen, und ich bin seiner und Sie, Frau Hammerer, was werden Sie tun?

Steffi zuckte mit den Schultern und schaute nachdenklich den Knollmann an, der sich etwas ungemütlich fühlte, etwas unsicher und sagte: Wir werden sehen.

Und Carmen, fragte der Inspektor, was ist mit Carmen?

Er erinnerte sich, dass sein Mitleid Carmen gegolten hatte, so lange er sie kannte, er erinnerte sich an sie als das Mädchen, das in den Feldern geschlafen hatte, und als die Sechzehnjährige, die sich immer wieder tagelang herumgetrieben hatte auf der Suche nach einem Spanien, das nicht zu finden war.

Außerdem erinnerte er sich an Juli, die vom Dach geflogen war und daran, dass in der Menge Carmen gestanden hatte, ganz sicher Carmen, ein Dünnling sondergleichen, eine Ausgezehrte, eine Siechkranke, blass, zu Tode verwundet.

Als er hinwollte zu ihr, war sie abgehauen und als er zurückkam zu Juli, um ihr die Augen zu schließen, da hatte er Carmen rasch vergessen, weil Juli das Recht einforderte, das allerlegitimste, wenigstens im Tod beachtet, wenigstens im Tod gewürdigt zu sein.

Was, fragte der Inspektor, ist mit Carmen? Wie geht es ihr? Wo wohnt sie denn? Wenn das Wirtshaus doch unbewohnbar ist.

Ein Bekannter, sagte Steffi, ein Bekannter von früher kümmert sich ein wenig um sie. Ein Bekannter von früher richtet ihr ein Zimmer ein, sagte Steffi. Vielleicht kennen Sie ihn ja, sagte Steffi, meinen Bekannten von früher, den Doktor Rutschka.

Da riss der Inspektor die Augen auf und klar sah er den Hammerer davor, verstorben im Dreck der hinteren Vorratskammer und Steffi wurde ihm unheimlich. Er runzelte die Stirn und wollte ansetzen zu einer Predigt über Moral und Einsicht und Moral und Aussicht, aber Steffi unterbrach ihn, klar und gerade, scharf und ohne Rücksicht.

Sie müssten gehen, meinte sie lächelnd, der Flug, sie wünschten alles Gute und dass die Ehe gelinge und dass alles Glück der Erde über ihnen schweben möge. Dann gingen sie.

Doch plötzlich drehte sie sich um und kam zurück. Sie nahm den Inspektor am Arm und sagte leise, fast verschwörerisch, und sagte es wohl in einem Anflug verspäteter und zu spät kommender Mutterliebe: Wegen Carmen, sagte sie, wegen Carmen. Vielleicht, sagte sie, vielleicht könnten Sie ja ein wenig, ein wenig nach dem Rechten schauen? Hin und wieder? Manchmal? Wenn Sie grad Zeit haben?

Und dann musste sie wirklich gehen, um den Flug nicht zu verpassen, und dann drehte sie sich ein letztes Mal um und dann verschwand sie durch die Tür – durch die Tür verschwand sie.

Ja, sagte der Inspektor leise und staunend. Ja. Wenn ich Zeit habe.

Meine Mutter, sagt Carmen, hat schon viele Männer verschmaucht. Meine Mutter ist Männerverschmauchmeisterin und er, also er, der Knollmann, wird der Nächste sein.

Ich weiß nicht, sagt Carmen, ob er es merken wird, eines Tages, dass sie ihn nur benützt, so wie sie alle benützt hat, mich, den Hammerer, alle halt.

Ja, sagt Carmen, Steffi hat schon viele Männer verschmaucht und es waren andere Kaliber dabei, ganz andere. Und darum wird es diesmal mühelos sein und dem Knollmann wird es geschehen, wie es halt immer einfach geschehen ist.

Das einzig Gute ist, sagt Carmen, dass die Männer es meistens gar nicht merken, wenn sie verschmauchen, denn es ist süß und wohlschmeckend und sie fühlen sich glücklich. Es hängt mit dem Kochen zusammen, das Verschmauchen, es ist etwas Zartes, letztendlich aber etwas Tödliches und dann steht sie da, meine Mutter, und schaut mit großen Augen und sagt keinen Ton und dann kullern Tränen und dann geht sie kochen.

Und so, sagt Carmen, wird es auch dem Knollmann ergehen, denn der hat ihr nichts entgegenzusetzen, aber gar nichts!

Der Knollmann, sagt Carmen, wird ihr alles gegeben und sie wird alles genommen haben und dann wird es vorbei sein für ihn, den Knollmann, den Knallkopf.

Männer sind blöd, sagt Carmen.

Männer sind, sagt Carmen, eben einfach nur Kerle.

Schnee fiel in nassem Geriesel und versenkte die Schuttberge an der Donau in Eintönigkeit, während die gegabelten Äste der Bäume weiß umflort in den Nebel ragten.

Das Wirtshaus war weggeschoben worden, zweihundert Jahre zerfallen in Schutt und Stein. Steffi hatte es der Stadt überlassen zu einem Spottpreis, weil es nichts mehr wert war. Der Donauschlamm hatte es ausgezehrt und endgültig zerstört, die vielen

Male, die es bereits einem Donauhochwasser anheimgefallen war, hatten die Gemäuer nicht besser, vor allem nicht trockener gemacht.

Auch der Grund rundherum war nichts wert, Hochwassergrund – wer wollte so einen haben?

Jeder Tritt in die Wiesen rund um das ehemalige Wirtshaus, rund um die Schuttberge, bescherte einem nasse Füße, die Erde war vollgesogen, die Wiesen so satt, dass sie kein Wasser mehr aufnehmen konnten und nichts absickern wollte.

Die Donau war lange zurück im alten Bett, unschuldig wie ein Lämmchen und als könnte sie keiner Fliege etwas zuleide tun. Sie floss ihren Weg nach Rumänien, einzigartig in ihrem Gleichmut, schillernd in allen Farben zwischen blau und braun und an ihren Ufern trieb man das Leben voran.

Man hatte wieder aufgebaut, was möglich war, und alles andere hatte man abgerissen. Wochenlang war gebaggert worden, um der Schlammmassen Herr zu werden. Das Meer von Tränen, das die Menschen vergossen hatten, war ein mindestens so großes wie das, unter dem das halbe Land versunken gewesen war, aber man blickte vorwärts. Und trieb das Leben voran.

Carmen holte sich fast jeden Tag nasse Füße, fast jeden Tag schaute sie nach den Schuttbergen, fast jeden Tag turnte sie darauf herum.

Sie hatte ja nicht viel zu tun. Zwar hatte der Doktor Rutschka ihr eine Putzstelle in der Bank verschafft und so dafür gesorgt, dass sie in keiner Arbeitslosenstatistik aufschien. Gesehen an ihrem Arbeitsplatz hatte man sie allerdings noch nie. Aber das machte nichts. Der Doktor Rutschka persönlich hatte alles abgesegnet und Carmen ahnte, wenn einer an den Schalthebeln der Macht saß oder zumindest in der Nähe, dann war manches so einfach und leicht wie der Schnee, der sich niederließ auf den Fluten der Donau und dann darin zerging.

Im Land der Schatten war die Hölle los. Im Land der Schatten schützten schwertene Krieger die Prinzessin vor dem Untergang und im Land der Schatten gab es Heerscharen von Untergegangenen, die einen hatten Julis Gesicht und die anderen Klaras.

Jede Nacht versank Carmen im Land der Schatten und in seinen Traumgebilden und wenn sie zurücktauchte in das Dunkel des Zimmers, war die Sehnsucht blau und spürte sie ein Ziehen am Herzen und war das Spanienland weit, so weit, als wäre es nicht einmal mehr in ihren Gedanken.

Die Wohnung der Seelichs, deren Licht Carmen so sehr in ihren Bann gezogen hatte, war verkauft, da lebten jetzt andere und Carmen hütete sich, in die Nähe zu kommen, hütete sich vor der durchdringenden, erbarmungslosen Vehemenz der Erinnerung.

Auf Julis Grabhügel waren die Astern am ersten Frost verdorrt und nun lag der Schnee und deckte zu und wärmte, was nicht mehr gewärmt werden musste – Julis Lächeln im halbdüsteren Schwarz-Weiß, in drei Metern Tiefe, zusammengestürzt und zusammengefallen unter den zermorschten Brettern eines billigen Ahornsarges.

Carmen kam oft an Julis Grab, übers Jahr verteilt grub sie viele kleine Löcher und füllte sie mit vielen kleinen Kieselsteinen, und im Lauf der Zeit blieb das Grab nicht Julis allein, im Lauf der Zeit wurde das Grab auch Klaras und eines Tages brachte Carmen einen Overheadstift mit zum Grab, einen wasserfesten, schwarzen, und schrieb auf den hellen Grabstein unter Julis Namen auch den ihrer Mutter.

KLARA SEELICH schrieb sie in zittrigen Lettern, ein bisschen krakelig, ein bisschen kleinmädchenhaft, aber der Herr Jesus, mit dem Carmen dann seit langer Zeit wieder einmal sprach, befand es für in Ordnung.

Im Vermissen war ich Weltmeister, sagt Carmen, im Vermissen konnte mir keiner das Wasser reichen.

Wie ich Juli vermisste, so vermisste ich Klara und indem ich mir Klara dazuschrieb zu Juli, musste ich sie ein klein wenig weniger vermissen, weil sie mir ein klein wenig näherkam.

Vielleicht, sagt Carmen, habe ich auch meine Mutter vermisst, wenn ich am Grab saß und Kieselsteine vergrub, ich weiß es nicht. Und manchmal war es wie damals bei der Erstkommunion, dass da plötzlich ein Lachen war, das in mich hineinwollte und ich ließ es und dann lachte es sich wieder heraus aus mir und machte mich groß und froh.

Ich weiß, sagt Carmen und schweigt ein bisschen, ich weiß, meiner Mutter würde das nicht gefallen, das Lachen allein am Juli-Klara-Grab, aber dem Herrn Jesus ist es egal, das weiß ich auch. Das weiß ich ganz genau. Außerdem sieht er dem Daniel immer noch ein bisschen ähnlich, bloß eine Uniform hat er nicht, nein, keine Uniform, nur ein Wallegewand und das muss sehr bequem sein, bequemer als jede Uniform auf der Welt. Glaubt ihr nicht?

In den Donauauen spazierte es sich gut, da kam einem keiner auf die Schliche, denn da war keiner und je grauer und eiskalter die Dezembertage, umso besser.

Der Inspektor und sein Physiker wanderten die verfrostete Donau entlang, in den Bäumen klickten die Raureiftropfen, unter ihren Schuhen der Schnee. Bald würden aus dem Nebel die Schuttberge auftauchen, die einmal das Hammerer-Wirtshaus gewesen waren und wie ein Mahnmal wirkten, wie ein Mahnmal der Donau, ein Fingerzeig, was alles sie zustande brachte, wenn ihr danach war.

Schließlich standen sie vor den Schuttbergen und plötzlich lief ihnen Carmen in den Blick, die herunterturnte aus dem ersten Stock des Wirtshauses mitten hinein in die Gaststube und dann heraus in den Garten. Der Inspektor hatte sich rasch herumgedreht, als er das Rieseln der Steine hörte. Reflexartig hatte er seine Hand aus der des Physikers gezogen, war einen Schritt zurückgewichen und starrte entgeistert das Mädchen an, das zu lachen begann und zu laufen, über die gefrorenen Wiesen und hin zur Donau, wo es im Nebel verschwand.

Wer war denn das jetzt, fragte der Physiker verblüfft, aber der Inspektor stand stumm, noch immer in die Erscheinung vertieft, die er gerade gehabt hatte.

Uli, sagte der Physiker, Ulrich! Hörst du mich?

Da erwachte der Inspektor wie aus tiefem Schlaf und rieb sich fröstelnd die Hände. Das, sagte er, war Carmen, Carmen Hammerer. Und, sagte er, ich glaube, sie hat uns ausgelacht.

Ein Schwuler, der glaubt, dass keiner weiß, dass er schwul ist, sagt Carmen, ist das Witzigste, was es gibt.

Und zugleich das Traurigste. Denn ein Schwuler, der glaubt, dass keiner weiß, dass er schwul ist, der täuscht sich einfach, der täuscht sich immer, denn die Leute wissen alles und immer und immer alles besser und immer mehr, als es zu wissen gibt.

Also ist ein Schwuler, der glaubt, dass keiner weiß, dass er schwul ist, eigentlich eine arme Sau, weil eben jeder weiß, dass jeder weiß, nur eben der Schwule nicht, und irgendwann ist er der Einzige, der nicht weiß. Und dann, sagt Carmen, tut er mir leid, aber richtig, denn die Leute sind Arschlöcher und wie das ist, sagt Carmen, wenn man sich nicht mehr zu helfen weiß, weil sie einen so richtig fertigmachen, aber so richtig, das weiß ich genau. Das weiß ich ganz besonders gut.

Uli, sagte der Physiker und deutete auf die andere Straßenseite. Ist sie das nicht schon wieder? Die Carmen Hammerer? Uli? Nein?

Der Inspektor blickte hoch und über die Straße und tatsächlich, da stand sie, bockig und schmal.

Sie starrte herüber. Sie starrte ihn an und er hatte das Gefühl, dass sie ihn durchstarrte, durch die Rippen und durchs Herz und hinten hinaus.

Er legte das Kebab weg, wischte sich an einer Serviette die Finger ab und überlegte, was er tun sollte, aber da war sie schon wieder weg und in der Menge verschwunden.

Er schüttelte den Kopf, nahm seine Mahlzeit wieder auf, trank einen Schluck Cola und sagte, sie spinnt vielleicht.

Ja, sagte der Physiker, vielleicht.

Aber der Inspektor wusste, dass Carmen nicht spann und er ärgerte sich immer noch im Geheimen darüber, dass er sie nie gefragt hatte nach ihrem Spanienland und ob sie immer noch auf der Suche sei und was sie zu finden hoffe.

Außerdem ärgerte er sich darüber, dass er ihr nicht versichert hatte, dass sie seine Hilfe in Anspruch nehmen konnte, wann immer sie sie brauchte. Allem Anschein nach hatte er sein Mitgefühl all die Jahre hindurch der falschen Hammerer angedeihen lassen, der Mutter, wo die doch, wie er nun viel zu spät bemerkte, ihre Tochter ein Leben lang vernachlässigt hatte.

Wieder einmal war er heilfroh, nicht auf Frauen angewiesen zu sein und er schenkte dem Physiker ein Lächeln und einen verstohlenen Händedruck, den natürlich niemand sah, denn der Inspektor war in Uniform und in der Öffentlichkeit *ungeoutet* und wenn es nach ihm ging, sollte das auch so bleiben.

Der Physiker übrigens liebte es, den Inspektor in Uniform zu sehen, eine kleine Marotte, ein kleiner Tick. Eine Uniform machte einen Mann erst zum Mann, zum gestählten Individuum in knackig sitzenden Hosen und kantig die Brust umspielenden Blusen. So hatte der Physiker den Inspektor auch kennengelernt, bei einer Verkehrskontrolle, nachts am Rande der Altstadt. Der Physiker, Mitfahrer in einem hübschen nagelneuen Porsche, war im Begriff, die Nacht einem Ende zuzuführen, er hatte gefeiert und getrunken mit einem Kollegen und zwei Begleitungen, die man so nebenbei aufgerissen hatte. Morgen war Sonntag und er freute sich auf ein einsames Erwachen in seinem Haus, das von der Natur umschlossen war wie ein Kokon von seiner Hülle und er freute sich auf ein ausführliches Frühstück in der Sonne in seinem Garten.

Zu viert saß man im Auto, gemischtes Doppel, der Kollege steckte den Zündschlüssel ins Schloss, als die Dame am Beifahrersitz meinte: Achtung, Uniformierte!

So war es. Sie standen am Auto, zwei Mann, und das Erste, was der Physiker zu sehen bekam durchs hintere Autofenster, war die Scharfgeladene im Hüftgurt, stramm festgezurrt und gesichert.

Das Nächste, was ihm den Inspektor näherbrachte, war dessen Stimme. Verkehrskontrolle. Ihre Papiere, bitte.

Sie war tief und weich und so, dass der Physiker erkannte, da hatte einer ein verletzbares Herz und irgendetwas sagte ihm, dass da einer etwas suchte, dass da in einem etwas steckte, was herauswollte und nicht konnte – ein stiller Ton, nur empfangbar für ihn, den Physiker, und alles sonst war ausgesperrt.

Nach der Verkehrskontrolle waren die Polizisten zurück zu ihrem Auto marschiert und der Physiker war ausgestiegen, sehr zum Erstaunen seines Kollegen und der Begleitungen.

Es tue ihm leid, hatte er gesagt, es tue ihm leid, er habe jetzt doch noch etwas zu erledigen und sie, die Begleitung, solle ihm nicht gram sein, sie versäume nicht viel bei ihm, dessen könne er sie versichern, sie versäume wirklich nicht viel, er sei nämlich anderweitig orientiert und wenn er ihr dies in den paar Stunden, die sie sich kannten, noch nicht gesagt habe, so müsse er sich nun auch dafür entschuldigen, es habe sich eben noch nicht ergeben, aber jetzt – jetzt sei der Zeitpunkt ja da.

Die Begleitung schmollte, der Kollege, der von der Orientierung des Physikers wusste, grinste – dann brauste er davon in seinem schicken nagelneuen Porsche und der Physiker stand da, mutterseelenallein.

Die Polizisten waren im Begriff wegzufahren, der Physiker begann zu laufen und zu winken, die Polizisten sahen es und warteten. Der Inspektor kurbelte das Fenster herunter und fragte: Was gibt's?

Und der Physiker, erneut hingerissen und weggeschwemmt vom Wohlklang seiner Stimme, fragte, ob es wohl möglich sei, mitzufahren, hinein in die

Stadt, denn da führen sie doch wohl hin und natürlich nur, wenn es keine Umstände mache und nur, wenn es leicht gehe und hier sei seine Visitenkarte, damit man wisse, mit wem man es zu tun habe.

Nach kurzer Überlegung seitens des Inspektors ging es leicht und machte es keine Umstände und der Physiker nahm hinter dem Inspektor Platz und das Dunkel im Auto machte es ihm möglich, sich unbemerkt vorzubeugen, unbemerkt vom Fahrer, wohlbemerkt vom Inspektor, der mit zitternder Hand die Visitenkarte umschloss, dessen verletzbares Herz Klick machte.

Fünf Tage später läutete das Handy des Physikers und als sie sich endlich gegenüberstanden in seiner Haustür, hatte er das bezauberndste Lächeln im Gesicht, das man sich vorstellen konnte und sagte: Ich ergebe mich, Herr Inspektor. Ich ergebe mich.

Ich bin, sagt Carmen, wieder einmal abgehauen. Weg vom Rutschka und seinem Ferry und weg aus der Dreißig-Quadratmeter-Garçonnière und weg vom Goldlockenengelhaften der Frau Rutschka, die ich jeden Tag sah, weil die Dreißig-Quadratmeter-Garçonnière gegenüber der Bank lag und die Rutschka jeden Tag kam, ihren Rutschka zu observieren. Offensichtlich hatte sie geschnallt, dass die innere Uhr ihres Rutschka wieder anders gepolt war und darum kam sie jeden Tag zur

Kontrolle und ich, sagt Carmen, stand oben am Fenster und schaute auf ihre Dauerwellenlocken, die immer üppiger wurden, immer dreister und blonder, und manchmal wollte ich eine Handgranate nehmen und sie ihr in dieses Nest werfen, in dieses Dauerwellennest, aber woher hätte ich eine nehmen sollen?

Weg bin ich also, sagt Carmen, heim zum Wirtshaus an die Donau, aber wir hatten Novemberfrost und Dezemberfrost und also nichts wie zurück und hinein in die Wärmestuben der Stadt. Aber das nützte nichts, das Gewärmte konnte nicht hinein in mich und also kehrte ich doch wieder zurück in die Dreißig-Quadratmeter-Garçonnière. Abends kam Ferry und schwänzelte um mich herum und noch später kam der Rutschka und da hatte Ferry ausgeschissen und musste sich schleichen, denn der Rutschka hatte eindeutig festgelegt: Der sich den ersten Fick holen sollte am Ende des Tages, war er.

Das Gewärmte übrigens, sagt Carmen, das kam auch in der Dreißig-Quadratmeter-Garçonnière nicht in mich, aber immerhin die Stille und die hatte ich nötig, nötiger als jedes Stück Brot.

Ihr, sagt Carmen, ihr wart von der Stille umflort und von der Wärme und darum musste ich euch anschauen, immerzu.

Ihr, sagt Carmen, ihr habt mich an ein Spanienland erinnert, nicht an meines, an irgendeines, nur das Heimliche habe ich nicht verstanden, obwohl ich selber eine Heimliche war.

Ich war die Heimliche vom Rutschka und seinem Ferry, die Heimliche mit der Handgranate, die Heimliche mit der Panzerfaust, aber vielleicht, Inspektor, reicht mir auch deine Scharfgeladene.

Nein, sagt Carmen, nein, das war ein Scherz. Ein Scherz! Was regst du dich auf?

Ihr seid Schwuchteln, sagt Carmen, mit Schwuchteln macht man Scherze, das habe ich so gelernt, das ist immer so gewesen.

Und jetzt, sagt Carmen, zieh ich ein bei euch. Und deine zweite Scharfgeladene steckst du ihm in den Hintern und nicht mir und er wird sich freuen und ich hab meine Ruh.

Ich brauche jetzt meine Ruh, sagt Carmen, ich brauche sie jetzt ganz dringend. Wenn ich sie nicht kriege, besorge ich mir eine Handgranate, irgendwo krieg ich eine her, darauf kannst du einen lassen, Inspektor, aber einen großen. Also, fragt Carmen, kann ich bleiben?

Carmen träumte manchmal vom Spanier und dass er nichts gefunden, nichts von dem, was er gesucht hatte.

Carmen kaufte frische Semmeln zum Frühstück und gönnte Uli von Herzen den Knackarsch von Paul.

Carmen ging auf den Friedhof, da blühten Stiefmütterchen im Frühling, Rosen im Sommer, Astern im Herbst und im Winter kam manchmal der Schnee.

Carmen ging zur ersten Frau in die Anstalt, die starb blau in der Bläue der Nacht, der Regen zerstieß sie zu allerfeinstem Staub, der würde sich vermischen mit dem vom Hammerer und was im Leben nicht gelungen war, im Tod gelang's.

Ich träumte, sagt Carmen, vom Geflogensein weit übers Meer und dass alles flirrte, selbst der Staub und von dem gab es viel.

Ich träumte, sagt Carmen, dass alles angehaucht war vom Schmutz, vom Dreck des Armseins und dass ich nicht gewusst hatte, dass die Gebirge höher sein würden als meine Gedanken und welche Flüsse in den Süden zogen und dass Afrika so nahe sein würde, dass man seinen schwarzen Wind spürte. Ich träumte, dass ich nicht gewusst hatte, dass das Meer so blau sein würde wie die Donau niemals und dass es Namen gab, die auf der Zunge zergingen und sich ins Gehirn ringelten, weil sie nach Schokolade schmeckten und nach Kräuterbutter und jenem kräftigen Schuss Orange, der ins Rotstichige geht.

Ich träumte, sagt Carmen. Aber nicht von meinem Spanienland.

Mein Spanien war es nicht, sagt Carmen, von dem ich träumte. Mein Spanienland habe ich nicht gefun-

den, mein Spanienland voller Zitronenbäume und mein Spanienland, so blau vom Ozeanblau, blau ohne grün, und mein Spanienland, in dem die Frauen ihre Liebe tanzen bis sie sterben in blutroten Gewändern und mit dem betäubenden Duft von Hyazinthen im Haar.

Nichts Magisches, sagt Carmen, war an diesem Land, das nicht mein Spanienland war, nichts Magisches und nichts Zaubrisches, nicht einmal, wenn der Himmel weit mit dem Ozean verschmolz.

Also zurück, sagt Carmen. Kreis geschlossen. Fertig das Leben.

Hat sich ein Kleid gekauft, Carmen, blau ohne grün, lässt Sonne an die Haut und beim Erzählen vom Nichtskönnen und Nichtswerden und Nichtssein und beim Erzählen vom Kämpfen, vom Kämpfen, vom Kämpfen ist's nicht mehr ganz so kalt.

Zupft an der Haut um die Fingernägel, bis sie blutet, hört nicht auf damit. Macht das immer wieder beim Erzählen vom Nichtskönnen und Nichtswerden und Nichtssein und beim Erzählen vom Kämpfen, vom Kämpfen, vom Kämpfen.

Aber die Berge, nein, doch nicht höher als ihre Gedanken.